湛贤禅师的等待

贾永辉 ◇ 著

宗教文化出版社

图书在版编目（CIP）数据

湛贤禅师的等待 / 贾永辉著 . -- 北京 : 宗教文化出版社 , 2022.7
ISBN 978-7-5188-1278-3

Ⅰ . ①湛… Ⅱ . ①贾… Ⅲ . ①散文集—中国—当代 Ⅳ . ① I267

中国版本图书馆 CIP 数据核字（2022）第 123066 号

湛贤禅师的等待

贾永辉　著

出版发行： 宗教文化出版社
地　　址： 北京市西城区后海北沿 44 号（100009）
电　　话： 64095215（发行部）　64095234（编辑部）
责任编辑： 卫　菲
版式设计： 张尹君
印　　刷： 河北信瑞彩印刷有限公司

版权专有　侵权必究

版本记录： 787 毫米 × 1092 毫米　32 开本　5.25 印张　200 千字
　　　　　　2022 年 9 月第 1 版　2022 年 9 月第 1 次印刷
书　　号： ISBN 978-7-5188-1278-3
定　　价： 68.00 元

目　录

自 序

在写作这部作品时，感觉比写小说谨慎得多，因为它虽然是"生活真实"的直接反应，但也需要"艺术真实"的结合。于是，我便在"生活真实"的基础上小心翼翼地努力靠近"艺术真实"。由于有明老法师自身的某种原因，我只能这样做。同时又必须站在"艺术真实"的基础上小心翼翼地努力接近"生活真实"——两者必须认真冷静对待。

在过去的创作中，有人提醒我写人物优点的同时也要写出他的缺点，我明白这是突出人物性格的一种方式。在我写《湛贤禅师的等待》这部作品的时候，也的确想收集一些湛贤禅师的缺点，可确实发现不到。他自幼体弱、多病，好像没有滋生缺点的能力和力量。他 13 岁出家为僧，在当时的社会，在那种浓厚的民族传统影响下，在相互没有血缘关系的师徒之间，师父怎么会任凭徒弟滋生缺点呢？

僧人的修行，首先就是要发现自己的缺点，修掉自己的缺点；有的寺院甚至有专门的议程，即坐下来让师兄弟诚恳地为自己提出缺点、意见，依照忏法礼佛诵经，忏悔自己罪业的做法——这叫"拜忏"，拜忏在遥远的梁武帝时期就已经开始了。有明法师的确没有缺点存在，但也有人说他有缺点，他的缺点就是——善良，太善良！

这样的言语，使我不晓得人们生活在一种什么样的生活状态里。我冷静思考了很多，但难以找到答案，可我仍旧在思索中徘徊。在错综复杂的思绪中，我不禁想起著名的美国作家威廉·福克纳好多篇章，他那精彩的小说告诉我们一个事实，作品并不比生活高明，因为它们就是生活；如果作者将作品有意识地设计得比生活高明，那么作者就有抱有某种目的之嫌疑。于是我不想过分渲染湛贤禅师的优点，同样也不想捏造什么缺点安在他身上，我只想在他的性格基础上还原一个真实的湛贤禅师。在我有限的认识里，他就像花瓶里一束美丽的鲜花，美得不可触及，不然就会破坏他的美丽。

首先说湛贤禅师当年生活的真实性，这样说来就必须先说那段历史背景了。譬如湛贤禅师到山东省济南净居寺的时候，当时的一份《联合时报》上有一篇文章，名叫《曾经的济南第一大寺——净居寺》，其中一段是这样记载的：

国民党山东省主席韩复榘曾多次到过该寺。日伪时期，伪济南市市长朱桂山也经常到该寺上香，许多大汉奸的太太到该寺修行，经常住在寺内，并公开贩卖吸食大烟。抗战胜利后，国民党山东省主席王耀武也来过净居寺。该寺僧人与国民党上层人物如山东省政府顾问陈绍甫、陈少民、华北剿总副司令上官云相交结，声势显赫，在上层势力的庇护下，净居寺号称"小世界"。

后来根据湛贤禅师日记上的时间推测，他正是这个时期到山东省济南净居寺的。

再譬如湛贤禅师到上海普济寺的时候，他的日记中记载是 33 岁，屈指算来正是 1948 年间，也正是上海解放前夕，恐怕很多人在其他资料中已经了解到上海解放前夕的社会环境了。当时上海的一些寺院比社会上好不到哪里。我们不妨根据反映当时上海静安寺情况的资料来粗略推理一下湛贤禅师曾经所在的普济寺。为了节省纸张，我将资料中两句无关紧要的话缩短了，资料如下：

> 一九三四年，上海市佛教分会召集诸山会议，公选大师为静安寺住持，但志汶坚决反对，不办移交，大师亦固辞不就。静安寺问题的久拖不决，实际是其背后有流氓地痞等恶势力在作祟，即使有内政部的批文，依然无济于事。

> 直至数年后，志汶病故，其徒德悟任住持，得当家师密迦协助，全力整顿寺院……全寺面貌为之一新。但原剃度派僧人依然兴风作浪，勾结恶势力，诬告德悟、密迦二人，使之蒙冤入狱。

这篇文章是一位叫夏金华的先生在 2009 年 4 月 12 日发布在网上的，这篇文章的题目叫《圆瑛大师与上海普济寺、静安寺改制的因缘》。在夏先生这篇文章中，我们应该能看到或能体会到些什么。

如果将这种现象强加于普济寺似乎不妥，但我们的某种怀疑似乎就有了相应的根据，用我们今天的话说——"那都这样"。虽然这句话带有几分敷衍了事、不负责任的意思，严格地说，可以得出这样的结论吗？我只能说，得出这样的结论似乎也不为过。毕竟是半个多世纪前的事了，有的事也的确无法考证。所以说，我必须站在"艺术真实"的基础上绞尽脑汁、小心翼翼地努力接近"生活真实"，究竟离生活真实还有多远，那是另一回事。

与此同时，我很欣赏"直至数年后"这句话的不确定性，它给了我们某种很不稳定的思维空间，也使我为"离生活真实还有多远"找到了相应的理由：即便当时的普济寺非常清静，数年后由于某种根深蒂固的东西和当时社会的不良影响，湛贤禅师到上海普济寺的1948年，这里又是什么样子呢？以我们现有的某种经验和猜测，似乎也不难找到真实的答案吧。

在写这部作品之前，使我感到非常庆幸的是，我轻而易举地找到了湛贤禅师与生活之间的关系，这种关系似乎与我们密切相关，又似乎离我们非常遥远——这样的说法完全是自身认识问题，在这种认识里我看见了在山西被师父打香板、罚跪香之后的湛贤法师，这是他与生活至关重要的关系，以致他后来的鞋底子、压面机，直到后来人们"和寂静的星星、寂静的月亮，还有背后这棵大树，都在默默地听，他们说个不停，像是在向各路神仙汇报……"这一连串的举止很耐人寻味！

在我们北方民间，一种骂、一种打，象征着一种亲，象征着一种爱。湛贤禅师的鞋底子在某种意义上似乎继承着千年前的祖师义玄禅师的传统，又好像是对身边弟子的一种亲、一种爱……这就是他与生活的关系，在这种关系里他又不让居士往寺里拿吃的，于是在这种关系里循环起了一种"善"。

也许，这种循环就是我们生活的目的吧。

也许，湛贤禅师终生等待的就是我们之间虔诚的和谐、虔诚的善！

作　者

二〇二一年四月重审

引

改革开放的春雷震惊了生活在这片土地上的众生，人们就像换上了节日的盛装，兴高采烈地将一切精力投入到了自己的直接生活中……大家的情绪就像春天盛开的五颜六色的鲜花，为生活、为社会增添着蒸蒸日上的繁荣景象，人们解脱了多年来的桎梏，我们的一切瞬间进入了一个崭新的时代！

在上级领导下，正定文化的发展也迎来了久违的春天。1983 年，国务院正式批准正定临济寺交由僧人管理。

同年，河北省委统战部、石家庄地区宗教局从遥远的浙江省义乌请来了一位德高望重的老僧人释有明法师来担任临济寺住持。1984 年，政府宣布临济寺正式开放，这个消息，在石家庄周边县，乃至整个河北省，就像一束绽开的花朵，散发着清香……尤其是在正定文化界的老一辈人中间，成了非常热门的话题！

在人们忙着议论纷纷的同时，一位瘦小的老和尚，背着自己的小被子卷儿，和几样简单的行李，悄无声息地住进了当时简陋的临济寺，这位老僧就是后来大家熟知的有明老和尚，他的出家名字叫湛贤。当时，这个瘦小的老头儿好像没有引起人们太多的注意，而使人们疑惑的是，在若干年之后，这位风烛残年的小老头儿去世时，惊动了佛教界和各级领导以及正定县城与周边县的百姓。

那天，临济寺里聚满了各界人士，他们怀着肃穆、崇敬的心情，静静等待为老和尚送行。老禅师生前的朋友以及他的弟子们，怀着崇敬的心情各自忙碌着……这不禁使人联想到这位瘦小的老头儿在平日里都做了些什么，在他身后怎么会留下这样壮观而又肃穆的场面呢？

老禅师在我们这一带，与我们每一个人都是半路相识、相知的，他从我们"之初的善"来看待每一个人，努力用自己的善心触动你我多年来被遮掩住的"之初"的那种善，使很多人揭下多年来蒙蔽在心上的污垢，或说那种假象，使内心得到了轻松，就像春天吐出的花蕊，为我们之间的虔诚、友爱插上了一束象征和善的奇葩！为他的善男信女、为我们的社会和谐，增添了看不见而能感觉出的、无穷的力量。

和平年代，大多数人不能做出轰轰烈烈，能够超越董存瑞、黄继光似的英勇壮举，而瘦小的有明老法师也是一样，可为什么他的身后会出现这样轰轰烈烈的壮观场面呢？想必是他长年累月、点点滴滴的善举，在他身上接连不断地出现，感动了曾经与他交往的众生，才形成了他身后的壮观吧！几乎每一个活着的人，都不愿意提到自己的终点——"死"，尤其是年纪很大的人。其实我们都在潜意识地追求，或说希望死后轰轰烈烈的那种场面，那种轰轰烈烈是一种荣誉、一种形式上的口碑，也是对亲属、后人的一种交代，用我们百姓的话说就是"显着好看"。

老禅师 2010 年农历十月十五圆寂，七天后的十月二十一，在前往他当年出家寺院延寿寺送行的队伍走出临济寺很远很远后，寺里还聚集着很多人。街道两旁是很多不畏严寒、目送有明法师的群众。他们将这位生于 1916 年 2 月 22 日，即农历正月二十，世寿 95 岁、僧腊 88 年、戒腊 75 年的瘦小老禅师，送到河北平山县延寿禅寺安息，到了这里，仿佛他一生的圆满！

有明老法师对待生活的态度造就了他的人格魅力，他的生活非常充实、非常朴素，在他朴素的生活以及朴素的人生观里，只想着修行，想着精神受苦的人。他认为，人的生活艰苦一点不要紧，关键是精神得要快乐、得要健康。有明老法师的这种修行思想，在常人看来好像是一种悖论，其实不然，精神和现实生活是两个截然不同的概念。但在某种程度上，似乎也有着某种关联，进一步说，这是一个个人认识问题……总之，有明老法师的行为，为我们留下了广阔的思维空间，熟知有明老法师的人们回忆起他的平常行为，和自己的平常生活对照，内心常常泛起一阵阵的波澜……

在空闲之际，我写下这样的文字，谨以表示对德高望重的有明老法师的纪念，纪念这位功德圆满、亲切和善的有明老法师！将老人家生前点点滴滴的事迹进行了有序总结，艺术而又不夸张地告知有缘人是非常有必要的。尤其是今天这个环境，他，有明老人家就像生活中的一束鲜花，悄无声息地美化、衬托着我们的生活！他，有明老人家就像街上的路灯，不论刮风、下雨，不论严寒、酷暑，他时刻都在默默地为他的善男信女照亮着生活的道路。

第一章　旧社会

一、出家

古老的太阳没有丝毫古老的痕迹，它将民国初年太行山区的西黄泥村照得那么陈旧和苍老，在这陈旧而又苍老的岁月里，家家户户院内那高大、茂密的树枝遮掩着低矮、陈旧的房屋，它像一首古老的诗，像一幅充满生活气息的油画，在这幅油画里凸显着历史沧桑的影子，凸显着生活清晰的艰苦和无奈。

西黄泥村属于半山区，这个村庄很大，东靠一片碧波荡漾的湖水，这片水域在新中国成立后，被政府命名为岗南水库。在高高的山坡上、平地上、干枯多年的河道里，是一片分布不规则的房屋。人们每天与古老的太阳默默地相伴为生，只有农耕、做活的时候，似乎才能显出他们的生活还有几分活的气息，才能打破几分太行山区的宁静，为自己的艰难生活创造着一首美丽的歌，努力唱响着自己幸福的明天！

这里就是湛贤禅师的家乡，平山县岗南水库西岸的西黄泥村。在湛贤法师的印象里，只记得儿时看别人在那片水域里游戏，在那片水域里欢乐！在1970年，他从遥远的南方回乡后，才知道这里早已更名为"岗南水库"。

湛贤禅师俗名叫焦有明，家中上有一个姐姐、两个哥哥，男孩中他是老三。20世纪80年代初期，他到正定不久，好多人便渐渐和他培养起了一种亲切感，那是一种正常人发自内心的亲切，这种亲切一半来自于有明老法师的善，一半来自于人们内心"之初"的向往。可见，很多人在长期世俗生活中，被某种世俗逼迫戴上假面具，已经感到很累了，也想过轻松愉快的生活，尤其是精神方面。与此同时，有明老法师的称呼就相应地多了起来，有的人干脆亲切地管他叫"有明老和尚"或者"老师父、老和尚"！就这样，他出家后的法名"湛贤"似乎被岁月冲刷得使人忘记，只留些许印象。

大家这样称呼他老人家，是他的善举赢得了人们对他的好感！从某种角度来说，似乎已经远远超出了他法名的意义。人们好像只有这样叫他的俗名才能表达出内心对他的亲切和敬爱！在他俗家名字的后面，加上了佛家的称呼，显然是大家将俗家和佛家融为了一体，这可能也符合中华民族传统中所说的"和"。

2015 年 1 月，我有幸见到了有明老法师的侄子焦岩国先生，他出生于 1957 年，算起来当年应该五十七八岁，是个诚实、憨厚的做大理石生意的商人。当他提起他的叔叔有明老法师的时候，脸上便不由得显现出几分激动和骄傲的神色。由于年长日久，岩国先生对老禅师的具体情况也只是断断续续地记个大概，有些情况在他的记忆里也模糊不清，但从他的表情来看，他对老禅师、对自己的叔叔有着很深的感情。

有明老法师家境非常贫寒。在他 7 岁之前，不知道是家境贫寒、身体缺乏营养，还是别的什么原因，他时常生病，家人带他看过好多医生，也不知道生的什么病。家人不肯放过为他医治的机会，那希望就像盼望生活富有一样那么渺茫，只有伴随着那古老的太阳、月亮慢慢地等待。贫穷和疾病陪伴着幼小的有明慢慢地熬煎着。

7 岁那年，当地延寿寺的一位老和尚到他家化缘，家人便抱着深深的无奈和一丝希望向那位老僧人说起了孩子的情况。老和尚便将他抱起，摸着他的头……那段日子，他的病渐渐好起来。但时隔不久，病又犯了，家

第一章 旧社会

3

人无奈之际，便到寺院找到老和尚，老和尚告诉他家人："这孩子不是家里的人，是本应属于寺里的人。他的病能治好，让他来寺里吧。"

那老僧的言语，今天听来好像带有几分迷信色彩，但在那个年代，家人顾不上想别的什么，老实说，拿自己的孩子命运赌明天——赌不起。他们只想着拯救孩子的痛苦和磨难，便带着仅有的一丝希望，将年仅7岁的孩子有明送进了延寿寺。毕竟是7岁多的孩子，虽然被送到了寺院，家人也时刻牵挂着他，时常到延寿寺里看望他。当时，寺里的艰苦生活比俗家也好不到哪里。但在这里，他的精神比在家时看上去好多了，可他嫩嫩的小手、小脚，在那年冬天被冻得青一块、紫一块。由于不忍心，家人便和寺里商量将他带回家抚养。于是，有明又和父母、姐姐、哥哥生活在了一起，又开始和1922年的贫穷、疾苦整日为伴。

在那个年月，这个贫苦的半山区里有个习惯，吃晚饭的时候，人们喜欢端上饭碗集聚到一个地方，一边吃饭，一边聊天，好像边吃饭边打发岁月为他们留下的寂寞，又好像在谝示谁碗里的油水大、谁碗里的饭比较稠。

岩国先生说："俺奶奶告诉俺，那时候，饿得你三叔只有眼巴巴地去看别人吃饭。你爷爷在外边干活儿，剩下半块玉米饼子，悄悄塞进袖筒，带回来给你三叔吃。感觉他比吃槽子糕（蛋糕）还香，还幸福！"可那种幸福不是每天都有的……不晓得什么缘故，他的身体又渐渐不如以前，病又开始发作。无奈之下，家人又将他送回了延寿寺，像以前那样，家人仍旧经常去看望他，他的精神日渐好起来。那年冬天，他的小手被冻得胖肿、肿得发亮，小脚被冻得开始溃烂，走路一瘸一拐，不过看上去精神非常好，他还安慰来看他的家人，天暖和了就好了。

基于老人特有的亲情，家人再去看望他的时候，牵去了一头驴。孩子在寺里吃饭，寺里也需要劳动，本分的家人便用这头驴又将他换了回去，有明又开始和姐姐、哥哥过上了俗家人的贫寒生活。一头驴，从金钱的角度说，对于一个非常贫穷的家庭来说，是非常昂贵的，同时也意味着贫苦的家庭失去了主要劳动力。窥视老人的内心，看见了什么呢？那是只能感受、不能言传的亲情，在内心深处跌宕起伏……

在当时的生活条件下，有明法师到底是怎么生活的，由于日久天长，已经没有人能够具体回忆起来了，只是随着岁月流逝，消失在历史的长河里，让历史这部长卷将那些鲜为人知的斑斑事迹永久地封存起来。在采访中，只知道有明法师的师父是通贵法师。

在这之后，有明在家过了一年半载，病又犯了，家人又一次恋恋不舍地将他送回了延寿寺。这一次是他真正意义上的出家，真正意义上的步入佛门，真正意义上的靠近佛祖，步入了真正意义上的修行，因为他有了自己的法名——释湛贤。仔细回味，有明法师这辈子好像确实命中注定就是寺里的人。在那样的旧社会、在他家那样的生活条件中，不管是不是迷信，能保住孩子的命，也就算是万福了！

这一年他 13 岁，正是懵懂少年，而在那个年月里，那样贫穷的家庭里，只有贫穷和饥饿伴随着一个少年脆弱的生命。在寺院里的修行生活，让他的精神和身体状况又一次渐渐地好转起来，对于当时的湛贤小和尚，能够健康地活着，就是精神上极大的鼓舞，同时也给予了他生活的信心！

延寿寺养育了湛贤小和尚 12 年。

以上文字，是湛贤法师少年时候的生活梗概。

二、山西碧山寺

1936 年，五台山上的广济茅蓬，也就是碧山寺，殿堂超过了高高的大红围墙，一切被云雾缠绕着，云雾里不断传出清脆的、有节奏的磬锤儿声，感觉就像仙境一般。正处在青年时期的湛贤法师徒步到山西省宁武县延庆寺受了三坛大戒之后，便到碧山寺修学参禅。

在这里，他结识了后来著名的本焕长老。

每天忙完零散杂活之后，僧人们便要到禅堂里打坐。在采访中，一位老和尚告诉我们，很多年轻的和尚不识字，寺院里每天都安排时间教大家认字、写字、学文化。那时候，湛贤法师好像识字不太多，他学习非常认真。休息的时候，他就用小木棍在地上练习写字，有时指头在大腿上划拉，寻找笔画的感觉。

在 20 世纪 80 年代之后的日子里，湛贤老法师来到正定临济寺之后，他回忆起自己那段历史的时候说，那时候还年轻，多做一些体力活，倒没问题；打坐就不行了，坐不住，再不就是打盹儿，因为这个挨过很多次香板，被罚过很多次跪香。

湛贤法师没有白挨香板和罚跪香，他意识到是自己没有做好。于是，内心便坦诚地接受了那一次次的惩罚，他明白参禅、打坐是僧人的本分，连这最基本的本分也做不好，就算不挨香板，扪心自问——凭什么吃僧人饭呢？

他没有怨天尤人，也没有为自己找什么理由，而是在挨香板、罚跪香之后，便经常主动去禅堂默默地练习打坐。在那内心清净的时刻，湛贤法师清楚地认识了自己，明白了自己需要"修心"，把自己一颗年轻、浮躁的心，修成一颗"老成的心"，首先要修成，或说养成一副修行人的面孔。那么修行人应该是什么样的面孔呢？大概是一副严肃又善良、和蔼又庄重的面孔吧。至于师父们那种恬淡的模样，那是内心修行表现出的，是需要时间的。他觉得自己文化低，就先修一颗"平常心"吧！用一颗谦逊的平常心来对待自己、对待生活，对待身边的师兄弟。

有了这谦逊的平常心，待人就会宽容，很快发现别人的长处，也容易发现自身存在的问题并且及时纠正。更重要的是，能够冷静、客观地用一种修行的智慧分析对待身边的事，不至于造成自己一步错步步错的局面，使自己追悔莫及。佛教最讲究修平常心，而俗家人大都只喜欢追求，或说喜欢修自己的福和禄。福和禄是从哪里来的？好像没有人思考，好像抬头就能看见、出门就能拾到，而没有人去想，这个"拾"的背后，谁来"丢"呢？拾到的东西是福还是祸呢？往往是表面美好的东西蒙蔽着人们的双眼，迷失着人们的心。往往是捡到美好的事或物，就沾沾自喜，忘记了常说的"天上不会掉馅饼"。

后来，湛贤法师将自己所想到的这一点告诉了当时的本焕法师。本焕法师看着湛贤此刻的面孔和目光，感觉和他刚到这里的时候大有不同，尤其是目光，显得安详了许多，便暗自决定以后不再打他香板、罚他跪香了。本焕法师教导他："对啊！就算有了文化，也应该修平常心。"

多年后，湛贤老禅师在临济寺回忆起自己挨香板、被罚跪香的事情时，老太太似的面孔，笑得几乎没了眼睛，显现出发自内心的慈祥。他在临济塔下的石阶上坐着，告诉居士们，在广济茅蓬待了一年，那次挨香板、罚跪香之后，感觉自身那个"敌人"非常脆弱，如果下决心认真对待它，它就显得不堪一击。

他向居士们说着，又像在和千年前的、塔中的义玄祖师做着心灵上的交流！

从那和善、慈祥的面孔来看，湛贤老禅师好像很多年来都一直深深感激着打他香板、罚他跪香的师父。他明白，那种体罚是师父与自己一种亲密无间的大爱，是迫使自己走向光明的爱心！如果当时没有挨香板、没有意识到隐藏在自身的那个"敌人"，它就会发展壮大，把自己打垮，就会吊儿郎当地虚度一生。由此看来，我们生活中的"小小的打"，虽然有些不文明的暴力倾向，有时也是一件很不错的事，这大概就是辩证的价值。

湛贤老禅师说话向来都是慢悠悠的，声音不高，轻声细语，从没有听见过他大声吆喝着和谁说话，也从没有听见、看见过他发出仰天大笑，好像怕惊吓到谁。当老人家说到当时的情景，白净的面孔上又显出几分得意和骄傲！……他体会到了打坐中的清净感觉，既神秘又平常，在那种神秘里找到了自己修行的方向。

这个"方向"不能言传，只能用心体会，但它最终目的是善、善心、善言和善行，将一切善毫无杂念地献给平常生活，献给一切有缘人。进一步说，这里面好像蕴藏着某种比较特殊的智慧，用这种智慧，指导自己在生活中做到虔诚自纠、不谋私利、弘扬善心，加倍努力，才能看见离我们还非常遥远的菩提心，菩提心是成佛的关键，能解决众生一切究竟的烦恼。善心，是用物质和精神以及关怀的言语，来帮助众生解决一时的烦恼。两者截然不同的，有着质的区别。

根据有明老法师生前的生活，现在我们只能冷静地分析和推理研究……我们沿着他的轨迹修行和弘扬善，似乎才能接近我们所谓的"觉的智慧"，才能看见"开悟"的影子，它与"般若智慧"还有相当遥远的距离。严格地说，有了"觉的智慧"，似乎才有"一点资格"引导众生修行，弟子和居士们才能信服你，因为他们在你的身上看见了那种无形的"觉"的影子，这个影子是一种真实的感觉，与身教有着密切关系，人们通常会用这种真实影响自己，触动他们内心的"觉"，会不由地相互帮助、虔诚尊敬，就与我们"之初的善"交融在了一起，共同努力，营造一个充满霞光的环境！所以，我们的修行和做人的各项任务还任重道远。

有明老法师接近晚年的时候，还经常教导他的弟子，世间法是名和利。佛法无边，广度众生。寺院是弘法利生道场，不是世俗交易的场所。大家要好好念经，诚心求佛，方得彻底觉悟——仔细体会，就不难发现，有明老法师这番话是在"自身这个敌人"面前说的，我们是否肯彻底"决心认真"面对这个"敌人"？大部分人出于面子会选择"肯"，但又"懒得"用行动去认真面对，这似乎就是我们。

老太太似的和善面孔、轻声细语，伴随着临济禅寺的晨钟暮鼓，仿佛又使我们听见了从 50 多年前的云雾里传出的清脆的磬锤儿声，一直回响在真正的修行人耳边，直到湛贤老人家去世、直到老人家去世几年后的今天……

今天回忆起他那副面孔，那恬淡、和善的微笑馥郁了临济寺，馥郁了他的弟子，馥郁了曾经和他交往过的人们，他这和善的微笑来自于多年修行的那颗平常心，从他的笑容里我们感到有着某种高不可及的感觉，他是站在多年修行的高度，来向他的弟子和曾经交往过的人们微笑的。面孔，对于每一个人都很重要，因为我们认识对方，首先看到的就是面孔，所以有明老法师和善的面孔，不仅是我们的榜样，还为我们留下了至关重要的深思！

就像看见书法家那流畅、潇洒的笔法，我们没有看见他练习横、竖、撇、捺时候的开始。要深思他的开始，最好的办法就是一边深思一边练习、实践，才会体会到那种流畅和潇洒。我们想起有明老法师和善的面孔、恬淡的微笑，是否也要进行深思呢？冷静分析，就不难发现，老和尚那副和善的面孔、恬淡的微笑完全是发自内心的，没有半点虚假，这些完全来自于他多年的修行，这样推理的结论是，就连他那副面孔和恬淡的微笑，也是一种功夫。

尘世中精明的我们，往往因为一个使自己不满意的笑、不满意的眼神而彼此成为匆匆擦肩的过客，因为精明的我们太看重那种笑、那种眼神了，这种假象在某种程度上造就了生活真实的悲剧。所以有明老法师那恬淡的微笑，是值得我们深思的！用我们那副和善的面孔来融化自己在某种程度上残忍的心，用一颗平常心交流，用一颗平常心改正，营造真正祥和的生活，是我们当前最基本、最重要的修行任务。我们往往好忽略最基本的东西。

有明老法师的微笑，是一种安慰、一种享受。在某种时刻，回忆是一种很不错的精神慰藉，它会使精神得到一种快慰！站在精神分析的角度，这种回忆，比自己苦思冥想出的荒唐的明天有益得多。回忆对于每一个人都是非常宝贵的，它不仅是一种怀念的形式，还可以从中发现更多有价值的东西来充实自己，因为回忆里含有某种程度上的经验。

如果我们将"某种经验"封锁在记忆里，一味追求苦思冥想出的某种荒唐的明天，我们将会失去很多对自己有益的东西，那是自己不小心而流失的损失。在有明老法师的经验基础上，我们不能再做出无所谓的、由自己粗心和浮躁所造成的流失了，因为我们的生活，从不同角度和不同程度上迫切需要他、需要湛贤禅师这样的灵魂来慰藉！

三、河南云台禅寺

和湖北省交界的河南省南阳市的桐柏县太白顶云台禅寺，在海拔 1140 米的山顶，位于桐柏山脉中段，是桐柏山的最高峰，有云海、日出、佛光三绝奇观，相传张良曾在山顶修炼，刘邦曾访于此，发出"天下唯云蒙奇胜"之感慨，清乾隆帝称峰顶东侧的石井"是为淮渎真源也已"。太白顶自古以来为佛道胜地，峰顶云台禅寺有清同治皇帝御赐的镇寺之宝千佛袈裟和金钩玉环。由此看来，我们不能只学习掌握某一种文化，应该多元素地学习文化，让我们蒸蒸日上的生活、社会更加丰富多彩，百花齐放、团结和谐！

访谈时，这里的一位没有牙齿的老僧人轻轻咳嗽了两声，当他回忆湛贤法师的时候，显得很恬淡，眯着眼，望着远处，好像又一次看见当年年轻的湛贤法师在那一年的那一天从遥远的地方走来，登上这云台山禅寺的情景。

在这里，湛贤法师默默地和僧人们一样劳作、念经，虽然过着一样的艰苦生活，但大家很轻松、快乐！这里的师兄弟们发现，湛贤法师对待生活很认真，其实他这种认真生活的态度，就是一种修行，是在修"耐心"。修行人是很需要耐心的。湛贤法师将经文中的善，努力融入到自己的生活中，更难能可贵的是，他习惯了在自己的生活里创造一些善举，懂得虔诚地关心别人，因而感觉他比同龄人大出很多，老练成熟很多。

那时候，寺院在山下有一片不算大的耕地，产量不算高，那些宝贵的粮食在僧人们的眼里就像一颗颗金豆子。僧人们除了念经、打坐、干些寺里的活儿之外，还要摆弄那片庄稼地。在师兄弟中间，明显感觉到湛贤法师轻松很多，尤其是在农忙劳作的时候，看不出他劳累，总是那么积极、乐观而又平静。湛贤法师这样的态度里，深深地蕴藏着一颗"平常心"，用平常心面对劳累，用平常心面对生活中的一切。

平常心并非凭空而来，它需要一定基础、一定条件，是在某一个复杂过程中所造就的，不是说有就来的，这样的"平常心"就像流星，一划而过。然而，今天一些人，只想冲着天空吐出一口气，就迫切希望形成一片彩云，这与湛贤法师有着巨大的反差。

湛贤法师刚到云台禅寺不久的一天上午，一个财主模样的人来上山求佛，那天，湛贤法师正好在禅堂。那个老财主跪在佛祖像前祷告了好久，然后起身和湛贤法师絮叨了良久，才慌慌张张地走了。后来湛贤法师便愁眉不展、心事重重。大家很少看见他这样的面孔，后来一位师父从他那里得知，那位在佛前祷告的老财主的儿子，是一位走南闯北的商人，商人回来告诉家人，日本兵已经进了中原……

云台禅寺虽然在中原的南边，但僧人们开始惶恐不安，好像闻到了日本兵在中原制造的血案，充满着浓浓血腥味。僧人们开始担心、害怕起来。下山回来的僧人说，在桐柏县城看见了不少逃难过来的人，他们的脸色很难看，惶恐的神色里带着无奈。紧接着，逃难的人接连不断地来云台禅寺避难，要吃的，寺院里最好的就是窝头和稀汤寡水的菜粥。这样一来，僧人们吃不饱了，一天两顿饭改成了一顿，有时候还吃不到最能充饥的窝头。

那位没有牙齿的老僧人眯着眼睛，望着西边的彩云，他的情绪好像又回到了半个多世纪前的某一天：

那时候，经常看见湛贤法师从袖筒里拿出半块窝头，悄悄递给面黄肌瘦的小孩或者饿得半死不活的老人。这样的事也不是天天有，因为我们也没有太多吃的。他那半块窝头，是他省下来的。在那个年代，能省出半块窝头给别人吃，从性质上说，似乎不亚于英雄的壮举！因为我们也吃不饱。从佛法来说，谈不上伟大，但也是一种很大的善举！这是时代造就的真实说法。

当时看见他这样的举动，年岁大一点的僧人，只是看着他默默念一句阿弥陀佛。小和尚们不会往心里去，只是简单地埋怨他："自己吃不饱，还充大肚汉。"当时，师兄弟抱着一种世俗的偏见，对佛法中的某些说法持一种怀疑态度。可是湛贤法师就像一张干净的白纸，没有任何世俗的杂念，毫不怀疑地依照佛法，在属于自己的这张白纸上用行动认真书写自己的行为，这种行为是他对自己、对众生的一种责任！

后来，随着年龄的增长和修行，想起湛贤

法师，才知道他那是真正修行得来的善心！现在想起湛贤法师，觉得我们当时非常幼稚，为什么我们不留下一嘴食物，来施一颗善心、种一颗善果呢！

被我们采访的那位老僧人的停下话来，静静地瞅着远处云台山连绵起伏的山峦，好像在为半个多世纪前的自己那种幼稚默默地道歉，又好像在怀念已故的朋友、同修湛贤法师。他眯着眼，目光好像在山峦间苦苦寻找着湛贤法师的影子……

他的表情在夕阳的照耀下显出了几分复杂，脸上苍老的皮肤抽搐了两下，然后露着没有牙齿的牙床笑起来，他仿佛看见了湛贤法师在过去沧桑岁月的某一天，又好像在和湛贤法师做着心灵上的对话。

有一年的 10 月下旬，云台山上的早晨已经很冷了，僧人们都要穿着棉袍，在刚出不久的太阳下坐着晒一会儿。湛贤法师被冻得瑟瑟发抖，小跑着走来，一位师兄扒着他胸前的衣服看了看，原来是几件单衣套在一起穿着，湛贤嘿嘿地干笑着。另一位师兄瞪了他一眼，原来湛贤法师把自己的棉僧袍送给一个逃荒的外乡人。

湛贤法师被冻得哆哆嗦嗦，弯着腰、跺着脚，双手在嘴前享受着哈出的一点热气，颤抖着声音问："谁去茅厕？"大家不解地瞅着他，莫非茅厕里不冷，比穿着棉袍暖和？其实他的意思是，谁去茅厕，帮谁"拿"一会儿棉袍。结果没人去厕所，他嘿嘿笑了一声，哈着腰跑向屋里，裹上棉被来和大家凑趣儿……

　　有人问他："你把棉袍送给别人，你穿什么？"湛贤法师慢悠悠地说："给他，是因为他需要，夏天我怎么也不给他？师父让咱们修忘我、无我，不是我要穿，是知冷的人要穿，不然你怎么也穿着棉袍呢？你、我现在都是知冷的人，所以现在要穿。"

　　在此之前，僧人们经常说"修我、参我、忘我、无我"之类的话，究竟怎么参我、修我呢，却不晓得。那时候寺院里的经书不算多，僧人中识字、有文化的人也不多，大部分僧人都跟着师父学识字，由于文化基础有限，能跟师父做就算不错了。还有一部分人，出家只为在寺院里混口饭，有个栖身之地。至于认真修行，对于这些人似乎不太重要采访中，我们还得知：

　　八路军和日本人在桐柏县城打了一仗。战斗结束后，寺里几位僧人也跑去庆胜利、看热闹。一位八路军首长在讲话中提到一位牺牲的连长时，几位同门师兄弟站在人群后边，伸着脖子听着，那位高嗓门的首长说，要向牺牲了的全体指战员学习，学习他们那种忘我的牺牲精神……"忘我？"那位师兄扭头看了看我们，就像中了邪似的，愣了一下，转身就跑。

我们几位师兄弟便赶紧追赶他。他在我们前边跑，跑累了就快步走，我们不知道到底发生了什么事。他进了寺院，直奔屋里，又出来站在门口四处张望，在后院找到湛贤法师。我们追过去，看见他向湛贤法师气喘吁吁地说："忘我，无我，对吗？"他这没有头绪的言语使我们莫名其妙。原来那位师兄在讲话的首长那里得到了触动，得到了修行的启发。

后来经常看见那位师兄在禅堂、在寮房打坐。那位师兄好像换了魂，变成了另外一个人，以前他走路，总是瞪着眼，昂首挺胸，好像时刻在和别人争高低。自那以后就显得温顺了很多，其实他在寻找忘我、无我以后的那个"真我"。湛贤法师到这里之后，走路总是靠着边、低着头。我们问他为什么不昂首挺胸走在路中间。他用慢悠悠的言语说："修行人不走在中间，不昂首挺胸。让劳苦功高的老人们走在中间吧，就算他们没有功劳，也有苦劳，那是他们的路！等我上了年岁，再走中间……"他的言语好像过于牵强、有什么漏洞，但又不知道漏洞在哪里，感觉毫无道理，又感觉有点儿意思。后来几个有心的师父琢磨了很久，只能说，他平常走路都是在修行。

采访中，那位没有牙齿的老僧人给我留下了很深的印象。他看着将要落山的太阳，缓缓地说，在他跑去看热闹的时候，听那个首长讲话，顿时明白了湛贤法师所说的"无我"，他是在"无我"的境界中将自己的棉袍送给那个逃荒人的。

湛贤法师在这里生活了不到两年，可是他对这里的师兄弟有着潜移默化的影响。那位师父在2001年去世了，比湛贤法师长9岁，要活着，也100多岁了。

四、荆门海会寺

海会寺位于湖北省荆门古城、西郊象山西麓的半山腰。当年（走访到这里的时候，海会寺早已荡然无存，当我们辗转到其他寺院时，偶遇一位年事已高的老禅师，他当年是湛贤禅师的同修，便向我们讲述了湛贤禅师的一些事迹），这里青山绿水，在寺的后山上有着一个不算很大的瀑布，畅流在叠叠山涧，绕着海会寺潺潺地流向山下。这里除了潺潺流水声和山雀的鸣叫声，可以说寺里寺外清净至极，这座寺院被茂密的竹林和郁郁葱葱的树木包围着，是一个修行的好地方。1940 年，24 岁的湛贤法师来到了这里，虽然是刚已入冬的季节，可这里气候还温暖如春。

这里的一切使湛贤法师耳目一新，心情都是新鲜的。师兄弟告诉他，前些日子，武汉会战刚结束，日本人占领了武汉，武汉与荆门之间有着很远的路，可这一带到处也都是日本人、汉奸、特务，社会秩序很乱，没事少下山。湛贤法师发现，自从来到这里，山门就整天插着，形成了一个与世隔绝的清静世界。

寺里，山上，一片寂静。

一天下午，远处传来一阵枪响。

傍晚的时候，山门忽然被敲响，打破了寺内的一片寂静，僧人们迟迟不敢开山门。后来不得不开了门，一群破衣烂衫、满脸血迹的人站在寺外。他们有的腰里插着短枪，脸上脏得不像样子；有的胳膊和腿上裹着脏兮兮的白沙布，布丝里渗出黏糊糊的血，眼睛里闪着机警、勇猛的光。老住持礼节性地双手合十，念了一声阿弥陀佛！

僧人们闻到了飘来的血腥味，他们的模样使僧人产生了某种陌生的感觉，和某种距离、某种担心害怕……仿佛使僧人们看见了厮杀场面，也使僧人深刻认识了这个阎浮提世界的另一副面孔。

这是一支在郊外和日本人巡逻队进行了一场战斗的游击队。一个戴眼镜的人和老住持说了些什么，老住持没有让他们进寺院，而是让两个中年僧人为他们带路，绕着寺院的外墙，朝后山走去，让他们暂时躲进寺后面的山洞里，又马上吩咐斋堂里两个师父起火，为他们做饭。

一个中年师父在暮色中跳过寺外的后墙回来，"正好遇见我和湛贤法师。中年师父让我们赶紧去拿脸盆、毛巾和水桶，跟他们走。"中年僧人转身打开东北角处的一个低矮、隐蔽的单扇小门，当时那扇门前生长着很多毛竹，很难被发现。另一个师父小心翼翼地进来了。

在小瀑布前淘了两桶水，借着暮色来到山坡上的山洞前，"我和湛贤法师发现这个山洞口在一片杂草中，非常隐蔽，弯着腰才能挤进去。山洞里亮起了一盏油灯，借着光亮看见这里面十分宽敞。戴眼镜的人坐在洞口的石头上，静静地密切注意着山下。一个和尚拿着油灯，两位中年师父在昏暗的灯光下为每一个伤员擦着脸，湛贤法师在旁边洒水、换水。"

后来戴眼镜的人向僧人们介绍着队伍的情况，叙说着抗日的意义。两个中年僧人好像顾不上听，便分别为伤员把起了脉。一个伤员告诉他们，这七个人中弹了。中年僧人相互看了看，让他们稍等，说去去就来。

后来两个中年僧人各自提着一只黑罐和一桶热水，用干净毛巾为伤员们擦了伤口，然后用黑罐里的绿汤药水冲洗伤口。伤员中一个戴眼镜的人好奇地指着黑罐子问："这是什么？"中年僧人头也不抬地说："是用中药熬制成的消炎止痛药，平时僧人哪个碰破、摔伤了就用这个来处理，很管用的。"两位中年僧人为伤员们按摩头部和伤口周围，然后取出银针，扎入他们的头部和伤口周边。戴眼镜的人又问这是干什么。中年僧人告诉他这是做局部麻醉，好取出弹头。

所有在场的人都惊呆了，他们第一次听说这样的办法，第一次看见这样的举止。湛贤法师好奇的目光等待着奇迹的出现，好像不相信世间有这等奇事。戴眼镜的人担心地问有没有危险。两位僧人看也不看他，继续着自己的行动，同时告诉他没有危险，不这样做他们会更痛苦。

两个中年僧人在一盏油灯下，从伤员们体内用手指抠出了八枚血淋淋的子弹头。那几个人看起来没有很大的痛苦，只是咬了咬牙便挺了过来。将全部重伤员的伤处理好，不知不觉已近午夜。中年僧人告诉戴眼镜的人他们可以静养了。

他们的医术惊得大家不知道说什么，就连夸奖的话也说不出。直到进了寺院的小后门，在后半夜的一片寂静中，湛贤法师才低声向两个中年僧人说："这一手儿真是绝招儿，从没见过，也没听说过，能传授给我吗？"其中一个中年僧人说："天不早了，赶紧去休息！明天你跟我们上山采药。"

寺院里本是每日两餐，自从照顾起了后山洞里的伤员，便成了每天做三顿饭，僧人们仍旧吃两顿。湛贤法师和中年僧人送过饭，便和他们两个人上山采药，这对于湛贤法师来说可以学会辨别药材，也是很重要的学习。

一位中年僧人告诉湛贤法师，中医有很多东西都失传了，有的方子只知道名字，具体怎么做已经无人知晓，所以有很多东西需要研究。其实，每座寺院，除了读经书、修行，也是学习和研究其他学问的好地方。

采药往回走的时候，他们顺便到山洞里看了看几个重伤员，他们精神了许多，但还显得很虚弱。有四个伤员情况不太好，他们脸色发紫，冒着虚汗。中年僧人仔细看了看，又把了脉，说他们几个好像中了什么毒。怎么会中毒呢？僧人询问那个腰里插短枪的人，那个人仔细回忆着，说遇见了两个给他们送水的老乡，他们慌慌张张喝了几口，日本兵就追来了……

另一个中年僧人断定是水的问题："你们遇见的肯定是特务，或者是汉奸。"多亏他们喝得少。那个中年僧人让湛贤法师马上跟他上山去采药。他们采了五种药，湛贤法师将那五种药材的样子牢牢记在了心里。

那四个人得救了。

早上，湛贤法师挑着扁担，又跟着那位中年僧人去后山送饭，走到最后一节院的时候，中年僧人忽然拐进了西跨院，他站在月亮门里，向正在发愣的湛贤法师摆了摆手，然后又进了一间放着杂物的房间，这里有一个非常隐秘的密室。原来，前一天午夜的时候，两个中年僧人悄悄将山洞里的人转移到了这里，因为他们担心日本人搜山，而如果日本人搜到寺院，这个密室也绝对不会被发现。

当时，湛贤法师不会别的，总是惦记着送饭。20多天后的一个早上，湛贤法师站在斋堂门口等待着两个中年僧人一起去送饭，但他们两个人好像不再去送饭了，湛贤法师便来到他们的屋里，中年师父低声告诉他："昨天深夜，我们和方丈把他们送走了，不用送饭了。"湛贤法师想说什么，另一个师父低声说："这种事，知道的人越少越好。他们临走，托付俺们向你说声谢谢！"湛贤法师对救治伤员虽然没有起到关键性作用，但也出了一把力。但这把力出得相当危险，在当时说不定会招来杀身之祸。

后来的日子里，湛贤法师只要有时间，就和两位中年僧人在一起，在寺内最后一节东跨院里学习分辨药材，以及每种药材的功效，还学习针灸。他懂得了很多中医知识，也总结了很多实际经验。

湛贤法师在这寂静的青山绿水间，生活了两个年头。

五、济南净居寺

湛贤老法师晚年的简单笔记将我们指到了山东济南的净居寺。一路走来，我们只希望能在这里寻找到湛贤老法师过去生活的一些蛛丝马迹，或者一些耐人寻味的平常事迹。他的笔记中只简单记载曾在这里生活了一年。那么在当时的"这一年里"，湛贤老法师能做些什么？依他生前的性格，他老人家不论在哪里，也不会做出惊天动地的事情，只是希望能在这里寻找到一些小花、小草，这样的小花小草也能美化我们的生活，美化我们的自然，使人耳目一新、精神愉悦！

资料记载，净居寺坐落在历山路西后岗子街，又称草寺，始建于宋朝，元代毁废，明朝重修，清朝乾隆四十一年再次重修后，改为了净居寺。当时净居寺周围都是农田，因此古人有着这样的诗句：四周尽禾黍，一寺独潇然。

在 1918 年至 1948 年间，由德馨、鉴慧、妙莲、可观、静斋任住持期间，伪济南市市长朱桂山经常到这里上香，许多汉奸的太太打着修行的名义住在（寺里有居士住所，叫寮房，也有女寮房）寺院里，依仗汉奸的权势公开贩卖、吸食大烟。方丈只能站在佛法的角度心平气和地劝说，力图阻止，但无效果，并且还招来严厉的恐吓。

这就是 1943 年的山东省净居寺，湛贤法师是在这样混乱的情况下来到这里的。当我们来到这里的时候，眼前的一切使我们失望了，这里一点寺院的痕迹也没有，一座医院大楼代替了当年非常著名的净居寺。

几经周折，我们来到另外一座寺院，了解到这寺院的一位师父当年也在净居寺。据这位老僧人回忆，湛贤法师来到这里不久，便感到非常压抑、憋闷。那时候，人们明白当时社会环境的险恶，看到了寺里内在的混乱。湛贤法师看见一个姓郭的太太大摇大摆地从远处走来，那副态度显然是对佛祖和诸位菩萨的不敬，因为寺院的主人并不是方丈和僧人，而是佛菩萨！

据湛贤法师观察，这位郭太太还是架子最小的一个，还有几个太太比她更厉害，善良的僧人远远地躲避着她们，不过有几个僧人很是迎合她们。后来的日子里，湛贤法师少言寡语地干活，少言寡语地吃饭，遇见师兄弟，也和善地打招呼，仅仅是打招呼，从不多说一句话，好像有意识地躲避着什么。

他发现，那时候的净居寺里已经暗暗分了两种人，一种人虽然一副僧人打扮，却整天昂首挺胸、满不在乎的样子，好像连佛祖也不放在眼里，那种目光，根本不是修行人的眼神。以前，那些人在寺院里表现挺好的，这里生活很差，但也很快乐。自从那几个汉奸的太太住在寺院里之后，不知怎么他们就变成了太太们的"护法"。她们在这清净的圣地抽大烟、赌博，好像还和一些来历不明的人做什么交易。那些所谓的护法在旁边端茶倒水地伺候着，也能得到汉奸太太们几个小钱，更令他们兴奋的是，能得到她们几句仗势而出的厉害的言语。

另一种人就是默默无语地干活、吃饭和打坐。当其他僧人背后议论这些人的时候，湛贤法师便躲得远远的，躲不过的时候，便念一声阿弥陀佛！各有各的前程和归宿，强求不得。抓紧时间做功课，才是自己的大事。湛贤法师这样简单的言语，表现出了他潜意识便很恪守僧人的本分。

湛贤法师的眼神总是那么慈祥，从来不斜眼看别人，更不会表现出对谁有什么意见和看法。在他心目中，有错误的人是可以挽救、可以理解的，就算有不可饶恕的错误，也不会让他生起憎恨之心，更不会用言语攻击他们。他觉得那种人已经非常可怜、可悲了！如果再憎恨他们、用语言攻击他们，那就未免太……他是等待机会，用一片怜悯心来温暖他、感化他。

开始，一些僧人对他有些不理解，甚至还有些偏见。渐渐地，当一些同门师兄弟对他产生好感、理解他的想法时，湛贤法师便离开了净居寺。他走后，几个师兄弟才意识到失去了一位挚友，有两位僧人这样说："他走了，感觉心里有几分空落落的，好像没有了依靠，在修行方面没有了主心骨。"因为他们感觉湛贤法师的修行有些独到，似乎与经书上说的很遥远，又感觉非常贴近、非常实际。

"那段时间里，湛贤法师给我们印象最深的一句话，大概意思是，生活在这个阎浮提世界上，作为修行人，不应该有憎恨心，只能有一片怜悯心！不然就会违背修行的准则。"修行人不应该有"大喜大悲"的情绪，因为"大喜"容易引起难以控制的对"喜事"的执著和某种妄想，甚至"乐极生悲"，破坏自己的平常心。"大悲"，容易引起过度的"牵挂"，被那种"悲的情绪"所纠缠，造成内心错综复杂，甚至把自己拖入苦海，也会容易被招感不好的人和事。遇见"大喜大悲"的事，要赶紧干净利落地解决，之后想怎么预防再次发生。湛贤法师那慈善的目光瞅着几位师兄弟，和蔼谦虚地问："你们说，是不是？"

一位师兄说："对于修行来说，是这样，可对于眼下的抗日，能这样去想吗？"湛贤法师笑着低声说："那是国事，另当别论。咱修行人，只说修行的话题。"他好像对眼下的抗日不太关心，他没有说过之前在湖北海会寺往后山洞里送饭的情况，因为，住在寺院里的那几个女人的男人是汉奸，有很多话题，僧人都避讳，也只能说些如何修行的话题。

几位师兄弟听着他的话，瞅着他那副微笑着的慈祥面孔，默默地点着头，还不时地看看窗外，生怕有人偷听。不久，湛贤法师忽然在寺院里消失，几位师兄弟去问住持（当时这个寺院很大，设有住持。一般小的寺院只设监院），主持说他去了外地，不回来了。他好像不愿意惊动师兄弟为他送行，才悄无声息地走了。他究竟到了什么地方，住持没有说，几个师兄弟也不敢多问。

好长时间后，他们听说湛贤法师去了北平，究竟去了北平的哪座寺院，不太清楚。

我们向一位很老的僧人询问起湛贤法师的时候，在明媚的阳光下，那位老僧人的目光显得非常渺茫，好像在记忆里苦苦追寻那一年的那一天，湛贤法师来到净居寺时穿着什么颜色的衣服。当他得知湛贤法师已故的消息时，望着西斜的阳光，好像是对湛贤法师深深的怀念，也为湛贤法师修到人生的圆满而感到安慰。

六、北平弥勒院

1943 年的北平，社会环境很不好，百姓被日本人欺压，国民党军在日本人的欺压下忍气吞声，汉奸特务为虎作伥，地痞流氓像苍蝇一样寻找与日本人有关系的靠山。在这样的情况下，湛贤法师从遥远的山东净居寺，悄无声息地来到了北平的弥勒院居住下来，跟随真空禅师修学禅法。真空禅师是开悟的禅师，曾跟随弘一法师、倓虚法师修学。多年后，弟子们常挂在嘴边的一句话是"南虚云、北真空"。可见后来真空禅师的影响了。

我们需要了解湛贤法师当年在北平弥勒院的情况时，便来到北京，经过询问，得知当年的弥勒院早已不存在了。后来在另外一座寺院偶遇一位年长的老僧人，我们抱着一丝希望向他打听半个多世纪前的弥勒院以及湛贤法师的时候，他用一种奇异的目光看着我们，问我们和湛贤法师是什么关系。我们兴奋不已，于是他便拉开了回忆的序幕：

北平弥勒院的生活，要比南部寺院的生活好一些，粥比南部寺院的粥好像稠一些，菜也比那里的菜咸一些，因为中原有着"菜少多放盐"的滑稽之说。湛贤法师比较适应这里的伙食，因为他的老家就在中原，只是北平的冬天比较冷。在湛贤法师的心里，这都不算什么，唯有让他和师兄弟们难以忍受而又不敢阻挡的是那些汉奸经常到寺院搜刮文物、宝物去送给日本人。在这个鱼龙混杂的阎浮提世界里，一些涉世不深、缺乏定力和文化的僧人也开始与那些汉奸为伍，穿着僧衣脱离了修行生活，迈入了一种晦涩的人生轨迹。

个子矮小且又少言寡语的湛贤法师似乎做到了古人所说的两耳不闻窗外事，一味只顾修行心。但他毕竟是凡人，也阻挡不住窗外事钻进耳朵里，不过他有自己的思考，有自己的定力，某种潜在的文化似乎在他内心深处已经形成，因此，那种鱼龙混杂的社会环境、人际关系没有影响到他那颗平静的修行心。这不禁使人联想到"出淤泥而不染"的真正意义，湛贤法师就像一枝挺拔的荷花吧！

第二年的春天，弥勒院一带流行起了疟疾，饥寒交迫的百姓经受不住疾病突袭，穷困潦倒的生活使他们没有能力维护自己的健康，没有能力拯救自己的生命。弥勒院一带的街道上几乎每天都能听到凄惨的哭声，那些逝者大部分是老年人和儿童。人们害怕染上疾病，便都躲在家里，街道上人烟稀少，就连日本兵和地方警察所都暂时撤走了，这里只剩下了空荡荡的街道、光秃秃的树木，以及房屋里患了疾病的贫穷百姓。

这凄凉的环境、悲悲戚戚的哭声，打动了湛贤法师那颗修行的善心，一种善意从内心深处不由骤然升起。在当时，弥勒院里也有浓浓的封建习气和等级观念，他找到住持却不敢坦率地向住持表白内心深处所发起的善意，可住持看出了他有什么心事。

他小心翼翼地看着住持的脸色，便向住持慢慢表白了自己的想法："眼下不能只施舍食物了，得要救命呀！咱们请先生为百姓治病吧。"住持无奈地点了点头，同时也看到了湛贤法师是有真正善心的修行人。湛贤法师放开胆子告诉住持："请来先生，先赶紧告诉咱们怎么来预防疟疾。请先生为大家看病的同时，由僧人向大家宣传怎么预防这疾病。"

住持将这项活动完全交给了湛贤法师来负责。湛贤法师又向住持阐明了进一步的想法，想由住持出面和看病先生谈一谈价格。那个看病先生也很有善根，便简单、爽快地说："有钱的就给一个，没钱的也得看病、吃药。"就这样，弥勒院一带生活拮据的百姓纷纷前来投奔这里的义务治疗。多年之后，人们只记得纷纷来看病，僧人忙着做宣传，但没有几个人晓得这背后有着湛贤法师的一片善心、一片善意！

那次的疟疾过后，北平市政府给予了弥勒院很高的评价，对那位住持也给予了很高的赞扬，可对湛贤法师只字没提。湛贤法师好像不懂得什么名义，只是内心高兴，高兴救下了很多受苦受难人们的性命。从某种角度来说，湛贤法师与这些苦难中的人们深深地结下了一条无形的善根，就像丝瓜架上吐出的弹簧丝状的东西，牢牢地盘缠于内在的那颗跳动着的善心上！

湛贤法师只是一个平常的年轻僧人，他的职责就是耐心伺候大殿里的诸位菩萨，祈祷菩萨保佑众生安康生活，耐心打扫大殿内外的卫生，做一些零散小活。总之，早上睁开眼，他就会不停地劳作。对于那些鸡毛蒜皮小事的处理，在他身上显现出了勤劳的本色。

其他师兄弟问："你整天不停地干活，不嫌麻烦吗？"他一副恬淡的面孔，低声而又慢悠悠地说："面对麻烦，也需要修行，修掉麻烦就不麻烦了。躲着麻烦，麻烦就会找麻烦，更麻烦。修掉麻烦，才会显出平常心嘛！赶紧干活，修掉麻烦吧。"湛贤法师将平常劳作视为了自己的一种修行！

那位老僧人在叙述中，没有说当时的几个师兄弟是否随他一起干活儿。也许在漫长的历史中，他的记忆被岁月的风雨冲刷掉了，不过还好，那位老僧人还清晰地记得，当时几位师兄弟眨巴着眼相互看了看，在那一瞬间，他们想了些什么？人，往往是在瞬间彻悟，往往是在瞬间改变人生观。总之，瞬间是非常重要、非常神秘的，也是非常平常的，那种平常里，往往孕育着某种悄然而至的奇迹。

关于湛贤法师在弥勒院的情况，那位老僧人在一阵沉默后说了一句耐人寻味的大实话，大概意思是，那时候，大部分僧人都非常注重修行，但也存在着一个实质性的问题，就是认不清楚自己，找不到适合自己修行的方法——"我就是这样。好些年后，才明白是自己的人生观和文化水平存在着问题，才意识到改造人生观、不断学习文化，对自己修行、对自己的一切都很重要。回头看，那些年白白耽误了。"

湛贤法师在北平弥勒院里度过了自己漫长而又短促的五年，在那五年的平常生活里，不知道他耐心地做了多少零零碎碎的小活，那种耐心、那种小活对于湛贤法师来说，也是一种实实在在的修行，用他的语言说，是修生活禅！

后来的日子里，我曾听到一些僧人反对"生活禅"这种说法。在我有限的认识里，也曾经冷静、耐心地、逻辑性地想过，湛贤法师这样的认识和说法是否正确，我思考出的答案是：他肯定、或说也许，把现实生活与佛教、禅，紧密相连起来；或说，他没有把"僧人"看成高人一等，而是把自己当作了平常百姓，平常百姓也有修行的权利、修行的资格。如果我这样的答案是正确的，那么，在那个年代的湛贤法师，虽然谈不上伟大，但也足够人们尊敬了！

七、上海普济寺

普济寺位于旧上海的平济利路，也就是今天卢湾区的济南路上。湛贤法师初到普济寺的时候，上海人民是在国民政府的领导下，在艰难中生存，与生活做着苦苦的挣扎，旧习气和帮派活动也深深困扰着人们。

湛贤法师是 1948 年秋天住进普济寺的，他万万没有料到的是，这个本该属于一片净土的地方却和外部社会差不多，个别僧人借助外部某种势力，整天摆出一副嚣张的面孔。他们根本不把方丈放在眼里，只有几个身体瘦弱、胆小的年轻小和尚和几个老弱病残的老僧人虔诚地对待方丈。

他们看见年轻的湛贤法师，都想伸出肮脏的手来拉拢他以扩张自己的势力。湛贤法师面对那些不如法的举止，只是垂着眼皮，双手合十，慢声细语地冲他们念一声"阿弥陀佛"。他的这种"慢声慢语"使他们打消了拉拢他的念头，那些人发牢骚说："说话像个阿婆，能干得了什么……"

于是，湛贤法师便和几个身体瘦弱、胆小的年轻小和尚，几个老弱病残的老僧人虔诚地在殿堂里修行，打扫院落的卫生，到斋堂里帮师父们摘菜、做饭。那些嚣张的僧人用湛贤法师听不懂的上海话来嘲笑他、讽刺他。虽然不懂上海方言，但湛贤法师也懂得那种笑声里的含意，便仍慢声细语地冲他们念一声"阿弥陀佛"。这种情况下，念佛号往往是向对方的一种提醒。可是那些人与尘世的恶缘太深，根本接收不到提醒的意义和信号，将之当成耳旁风。

第二年的春寒季节，同寮房的一位小和尚得了伤寒，湛贤法师耐心照料着他，在他病愈之际，又有两位老僧人得了伤寒，湛贤法师更忙了，他毫无怨言地带他们看病，回来帮他们煎药。他的举止打动了身边几位有良知的僧人。老方丈看到他几天来的举止，很是感动。湛贤法师仍是慢声细气地冲他念一声佛号，说："没什么的，您老没必要这样。我只是以一颗平常心，做了一点平常事罢了。"

湛贤法师很平常的行为，却使老师父们感动万分。因为在寺院里，大家相互没有血缘关系，在那个年代，能得到那样的帮助和照料，能得到亲情的感觉，那是一种内心深处非常宝贵的享受。

真正懂得享受生活、有情操的人，会在以后漫长岁月里，经常将别人恩赐的福报悄悄搬出来再次想念，那是再一次的精神享受。即便在若干年之后，想起往事，那也是对湛贤法师的一种怀恋和尊重，那种怀恋永远留存在内心深处，它会莫名地招感，会再次招来吉祥的福报和恩惠，因为那是良知的循环存在，那种享受伴随着自己，直到生命的尽头——这大概就是懂得享受生活、有情操的人人生圆满的过程吧！

上海的天气在渐渐变暖。从身边那些猖狂、嚣张僧人的表现不难发现，社会形势也在急剧发生着变化，因为他们一天比一天紧张，有的有明显改过自新的迹象，有的在紧张中仍旧那么嚣张。

那几个有改过自新迹象的僧人，有的主动干起了活。湛贤法师悄悄地感慨道："这段日子里，咱寺院里的环境好多了！"一位小和尚听出了湛贤法师的弦外之音，悄悄地告诉他："别让那种暂时的假象蒙骗了你，你注意他们的眼神，时刻在注意谁在看他们干活，那是给别人看的。不像你干活就是扎扎实实地干活，只想怎么把活干好。同样是干活，心里想的不一样。"

湛贤法师一怔，悄悄告诉他："不要看那些，只看他的笤帚后边，他每扫一下，笤帚后边就是一片干净！"小和尚冲湛贤法师低声说："地上一小片干净，心里一大片肮脏。"湛贤法师又是一怔，忍着笑，脱下鞋，想用鞋底子拍打他，拍打他这尖刻刁钻而又精彩的言语。小和尚嬉笑着捂起头躲开了。小和尚明白，湛贤法师这只是一种亲切的玩笑，那鞋底子不会真的落在自己身上。湛贤法师认为这小和尚很有智慧、很可爱。于是，两人便行走得很近。

五月的上海郊外响起了炮火，炮声震惊了全国，消息传遍了世界，上海人民在欢庆胜利的喜悦日子里喜气洋洋……不过虽然解放了，上海人民迈入了划时代的新社会，但在某个阴暗的角落里，昔日的旧习气、帮派中的恶劣行为仍旧不时抬头，那几个僧人又忽然揭下了那副改过自新的面孔，向湛贤法师说起了他听不懂的上海话，还变本加厉威胁起上了年岁的善良的老方丈。

夜深人静的时候，有些精明的小和尚悄悄告诉湛贤法师："他们在排挤你，看着你干活，讽刺、嘲笑你，说应该让你去更艰苦、更贫穷的寺院，更利于你修行。"湛贤法师一怔。其实他已经察觉到了什么，只是不懂他们在说什么。小和尚说："今天当着你的面说的，你忘了吗？在斋堂门口还和老方丈说了呢，你不懂上海话。"湛贤法师问小和尚："他们为什么这样说？"小和尚告诉他："你那么勤快，不就显出他们懒惰了嘛。"

在后来几天里，湛贤法师经常独自静坐在大雄宝殿前的大树下，他不是在打坐，而是静静地坐着，看着高高的天空，那视线在他的感觉里形成了一条长长的斜坡，在这条斜坡上仿佛看见了形形色色的众生，又仿佛看见自己自进入佛门以后直到现在的过程。此前的状况，看上去就像一潭清净的水，水面下没有应有的平静……

平常心要继续修，看来还要修"忍辱心"。他在那条斜坡上看见了高高的山峰，看见了山涧里潺潺流水，那潺潺流水汇入了辽阔、平静的大海，他看见了人生的美好境界，那种美好的境界深深印在了他的心里，像一幅画。他感觉自己就像走进了那幅画里。湛贤法师要进入那美好境界，就必须修"忍辱心"，有了忍辱心，才会有更好的"平常心"，应该是这样一个过程吧。

一个多月的时间里，湛贤法师经常听到有人用那种自己听不懂的语言说着猖狂、嚣张的话，听到那种浮躁的、仰天的大笑，后来还经常看见凶狠的面孔。一天傍晚时分，老方丈找到湛贤法师，告诉他："在这里不会有什么前途和发展，你去浙江宁波的七塔寺吧。我的师弟在那里，他会好好关照你的。有机会我们去看望你！"

湛贤法师没有问为什么，痛快地答应了。小和尚站在湛贤法师面前，看了看老方丈，低声告诉湛贤法师："我跟老方丈去过七塔报恩寺，那儿的生活比这里差，不过肯定会比在这里心情好。"老方丈沉默而又无奈地点了点头。小和尚继续说："不过这里就会少一个真正的修行人，也就好了；少了一个勤恳干活的人，也就好了；老方丈整天被猖狂、嚣张的声音伺候着，也就好了……"

老方丈听出了他的牢骚，被气得哭笑不得，连忙冲他说："滚，滚远一点去玩，少在这里多嘴。"湛贤法师指着小和尚，向老方丈问："我能带走他吗？"老方丈一怔，看了看小和尚，和蔼地问："你愿意去吗？"

小和尚表示愿意去，他好像和湛贤法师结下了不解之缘。屈指算来，湛贤法师在这里生活了十个多月。

一路上，小和尚发现湛贤法师脸上隐藏着一种无奈，那种显然是一种无奈的等待，等待着普济寺何时才能安宁。虽然离开了普济寺，但他也深深挂念着普济寺，因为普济寺属于社会、属于民族，所以他心系着……

今天，当年的小和尚也是八十岁的老人了！

第二章　新社会里

一、宁波七塔报恩寺

七塔报恩寺在浙江省宁波市东江百丈路。湛贤法师来到这里的时候，正是举国欢庆"十一"的前夕，这里的人们上街欢庆游行，寺院里也举行了盛大仪式，因为这是中国人民从此在世界上站起来、扬眉吐气的日子。

这里比上海的普济寺要好得多。湛贤法师所认为的"好得多"，是指这里的生活气息非常浓厚，有着民风朴实的感觉。这里和上海解放的时间差不多，但这里的文化和经济远远不如上海。湛贤法师很不习惯这里的伙食，大部分的菜里都放着很多辣椒，非常的辣，感觉比上海的菜要辣得多。跟随湛贤法师来的小和尚告诉他必须习惯，这里的气候比上海潮湿得多，很容易得关节炎。

那种辣使湛贤法师吃尽了苦头，转念一想，这也是一种修行，克服它，就会习惯的。

这里的师父、师兄弟说话，感觉和上海话差不多，很难听懂。好在有两个在这里生活了多年的山东僧人，湛贤法师大部分时间和他们交流，和其他师父说话的时候，山东僧人做翻译，使他很快与师兄弟们增进了友谊和感情。

初来到这里的湛贤法师好像在这里生活了很多年一样，干起活来不拿自己当外人似的，不论干什么，都是那么勤快、那么得心应手。多年后的今天，一位老师父简单介绍他的时候说："他这人干活，从来不偷懒，他给人一种平淡、舒服的感觉，是可以交心的人，并且德行也很好。"

他的勤快有着他的家乡北方人的豪放性格，可他说话的声音和态度，完全是一个标准的修行人，慢条斯理、不慌不忙、和蔼可亲。他在这里看到了几位修行的青年僧人不勤于劳动，整日几乎生活在一种幻想里，幻想自己当上了住持如何如何，幻想自己当了方丈如何如何……他们没有那种猖狂、嚣张的面孔，就是"妄念"太大，一位僧人向湛贤法师懒洋洋地说："我这辈子不求修成菩萨，你说我能修炼成像土地爷、灶火爷那一级的小神吗？"

湛贤法师告诉他："我不是算卦的。那一级神仙，也是几辈子修来的。我说你能修成，到时候你修不成，不成我打诳语了嘛，我的话不能算数。不过，有方向、有追求就好，好好修吧！"那位僧人美滋滋的样子，感觉像明天就能修成神仙似的，"我要能修成灶火爷，谁家做好吃的，我都会给你留点啊！"湛贤法师玩笑地答应道："哦，先谢谢你了，我等着呢。这辈子能等上吗？"

湛贤法师看到这种情况，便在清闲的时候、在适当的场合，和师兄弟们交流平常心，他从"为善不执是平常心"直说到"逆境不烦是平常心"，又站在生活的角度阐述：就是吃饭、干活，累了休息，干些力所能及的活儿。如果产生妄念、挂碍，不但累，也就不是平常心了，且容易滋生是非，贪、瞋、痴就会在心里捣鬼，越捣鬼，心里鬼越多，心里就越热闹，就不由自主地将自身陷入鬼的世界，整日怨天尤人，自身的生活就会越来越复杂，不知不觉地形成了鬼缠身。

湛贤法师在这寺院里，除了吃饭、扎扎实实干活儿、打坐，就是和僧人坐在一起探讨修行的体会。他的最大特点就是修好平常心、做好平常事。后来，经常和湛贤法师闲聊的僧人说："'修好平常心，做好平常事'，说着容易，做着难呀。"仔细琢磨湛贤法师的言行，就像水面上荡起的一圈圈的波纹，不知道那波纹会漂多远。

被采访的两位老僧人，一个说，感觉湛贤法师从来不读经书，更不把经书上的句子套在谁身上去衡量谁。用他自己的话说，自己正在学习、修行，如果要衡量，还是先套在自己身上、衡量自己、要求自己吧。

另一位老僧人告诉我们，湛贤法师说过他的一个观点，好像也是他的体会："不要比谁读的经书多，一辈子读一两本，甚至一本，真的能领会里边的意思，里边一个词、一句话，虔诚地照那么去做，就真的不得了啦！"

比如打消"妄念"、不打"诳语"，妄念是内心的事，诳语是嘴上的事。那么，富有善意的"诳语"可以说吗？在说之前，心和脑所想的是"妄念"吗？所以，心和嘴之间，往往会产生很复杂的关系，自己的心和自己的嘴就产生着矛盾。两种意思的话，出于同一张嘴，古人造出了一个词，叫"花言巧语"。我们是修前者，还是修后者？最后古人也说不清，就用一个"口是心非"含糊其词地概括了。

那么这"花言巧语"里含有善意吗？有几分善意？很难判断。"口是心非"里含有真实吗？含有几分真实？这种真实，是在嘴里还是在心里？"是和非"之间有多大的距离？我们是相信，还是不相信？也很难判断，很难说清楚。这恐怕就是我们阎浮提世界的特点之一。湛贤法师比较经典的一句话（大意）是，敢于发现自己的缺点，勤于修正自己的缺点，就是一个勇敢的人。有很多人发现了自己的缺点，不是去光明正大地修正自己，而是悄悄隐瞒自己的缺点。当被身边人忍无可忍地揭穿时，隐瞒者就瞪着眼，理直气壮地站起来开始吵架——这种隐瞒自己缺点的人，其实最可怜。注意，湛贤法师不是说"最愚蠢"，而是"最可怜"。

二、杭州灵隐寺

湛贤法师在他 36 岁那年深冬，岁月将要步入 1952 年的时候，只身来到了杭州灵隐寺修行。这个寺院坐落在一座山脚下，被一片茂密的树林包围着。这里的深冬与北方的这个季节有着明显差别，树上的个别叶子稍微变得有些发黄，给灵隐寺增添着别样的风采。每座寺院对于湛贤法师来说都不陌生，都是一座座熟悉的殿堂，都是诸位佛菩萨一副副熟悉和善的面孔，他有一种回到家看见老人那种亲切的感觉。

湛贤法师发现当时这里的一些僧人干起活来磨磨蹭

蹭，看上去就像常年吃不饱、没有力气干活儿一样，一点儿中青年的朝气、活力也没有，显得老气横秋。

山门前几个扫院子的僧人，干活也是慢腾腾的，湛贤法师拿着扫帚朝他们走去，帮那几个僧人打扫。打扫完后，湛贤法师直起身，才意识到大片院落，大部分都是自己扫的。随着几个僧人往回走，经过斋堂的时候，他看见一位中年僧人和一个小和尚在择菜，显然是在准备午饭。湛贤法师便走过去帮两人择起了菜。

那中年僧人抬起头向他微笑着点了点头，小和尚告诉湛贤法师那人是个哑巴。哑巴僧人带着几分感激向他指手画脚地比画着。看那表情，显然是在感谢湛贤法师。收拾完烂菜叶，哑巴僧人拽他去洗手，然后又拽着他来到他和小和尚的僧舍，泡了一壶茶，他要请湛贤法师喝杯茶。他将一杯茶递到湛贤法师面前，湛贤法师道了谢，慢慢地喝了一口，便怔住了，忙问小和尚这是什么茶。

小和尚告诉他这是龙井茶，这寺里的师父几乎都会炒茶，他们炒出的茶都非常好喝。走出哑巴僧人的屋，经过一间间僧舍门口，湛贤法师看见僧人们几乎都在自己屋里慢条斯理地喝茶。有的还在竹制的茶桌边放着一本书……

湛贤法师认识了龙井茶。

下午，湛贤法师正在读书，哑巴僧人一手拿着一把很别致的宜兴壶，一手拿着一大包自己炒的茶叶，与小和尚一起拿着一个竹子做的喝茶的东西来了。小和尚向湛贤法师说："感谢你的帮忙，送你一个小茶台、一把宜兴壶、一包茶叶和一只茶杯。"哑巴僧人的脸上仍旧带着几分感谢的笑容，向湛贤法师热情地咿咿呀呀地比画着什么。小和尚看着他比画的样子，告诉湛贤法师："他告诉你，这个小茶台是他自己做的。"

旧历的年底，寺院里也在准备着过年。一天中午，湛贤法师从午睡中醒来，忽然看见跟随哑巴僧人的小和尚和另外一张熟悉的小面孔静静地坐在椅子上。他连忙起身，原来是上海普济寺另外一名小和尚。小和尚说："自从你走了，我感觉在那里很没意思，就道别了住持，来找你了。"湛贤法师埋怨他没有平常心——要有平常心，怎么会谈得上有意思、没意思呢。没有好好修行，才跑这么远的冤枉路。这小和尚的到来，深深触动了跟随哑巴僧人的小和尚，看上去他俩的年岁差不多，住持让他也去了斋堂。跟随湛贤法师来了一个，这又跑来一个，可见湛贤法师的人格魅力了！在北方，有着一种带有迷信色彩的说法，小孩子所喜欢的大人，这个人一定是吉祥的。这种说法虽然无从考证，但想必湛贤法师也听说过吧。

这个小和尚，比跟随湛贤法师一起来的小和尚更能言善辩，两个小孩很快引起了其他僧人们的注意。在斋堂，小和尚干起活来的那种认真、利落很像湛贤法师。

最后来的这个小和尚，打扫院落从不用大扫帚，而是用小笤帚。别的僧人们告诉他，笤帚扫得慢，扫帚扫得快。小和尚便顽皮地说："我傻。"那些人便眨巴着眼，不解地瞅着他，因为他们知道这个孩子不傻，他用小笤帚扫院子，肯定有着什么玄机。他们继续说："就算你傻，现在告诉你扫帚比笤帚扫得快，你为什么还用笤帚呢？"他说："去问湛贤法师。"

那些僧人真的问了湛贤法师，原来用小笤帚扫院子也是一种修行，里面蕴藏着一种很朴素的禅意。湛贤法师说："笤帚扫得慢，但比扫帚扫得干净。可以锻炼耐性，修行是非常需要耐性的。"小和尚的行为，触动了其他一些僧人，仿佛使他们从睡梦中醒来。同时，他们对湛贤法师不得不产生了敬意，他们深深感到，湛贤法师教导出的小弟子，比大人都强。当湛贤法师看见他们惭愧的面孔，便又笑呵呵地安慰他们说："他们是小孩子，经历的尘埃少，学什么都快。你们是大人，经历的世间尘埃比较多，很多毛病不易改掉，当然不如小孩子了。以后把心放下来也就是了！"

虽然湛贤法师在灵隐寺仅仅生活了一年零一个多月，但对这里的一些僧人起了潜移默化的作用。

三、金华报恩寺

1953年春天，天阴沉沉的，湛贤法师来到浙江省金华报恩寺任监院。其实，之前他在好几个寺院里都当过监院，只是他的言语、行为从没有表现过自己的地位，也从不站在监院的"高凳"上对谁指手画脚，他只是用自己的行为来感化众师兄弟。他有时候和大家坐在树荫下，以聊天的方式谈读书、谈自己修行的感受，他从不向谁说你该如何、你必须如何，等等。

有一种说法，1947年时浙江报恩寺被毁，当时到底毁到什么程度、什么人所为，好像无法查证。总之在1953年，报恩寺中还有一部分僧人居住在这里。作为监院，湛贤法师只关心僧人们的修行，只是把自己当成了一个一般修行的和尚，和其他师兄弟们密切地打成了一片。湛贤法师这样对待自己这个"监院"的态度，也使个别好事的僧人迷惑了，他们好像把自己当成了监院，对着别人指手画脚，也使师兄弟们形象地认清了生活的另一副面孔的假象。湛贤法师不当面揭穿，不当面批评，更不担心别人抢去监院的位子而赶紧摆出监院的架子。

其他师兄弟看不惯那几个指手画脚的人，提醒他"监院"身份的时候，他淡淡一笑，说都是假象。修行人，应该修一颗平常心，做些平常事。"他们能替我做些事，我感谢他们！"

一天上早课的时候，湛贤法师发现一位瘸腿僧人没有来大殿，便让一位僧人去看什么情况，那位僧人拒绝了。因为众僧人都有点儿瞧不起那位瘸腿僧人。这位瘸腿僧人经常远离着师兄弟们，他知道自己的缺陷，也很自卑。湛贤法师来到他的屋子，躺在床上的瘸腿僧人看见湛贤法师进来，便带着几分困难爬起。湛贤法师问他怎么了，发现他精神不振，脸很红，很虚弱。

湛贤法师摸了摸他的脑门，原来他在高烧，烧得眼睛都有些睁不开。湛贤法师想给他倒杯水，可他的壶里却空着，湛贤法师便去自己屋里提来一壶水。湛贤法师晾上水，又帮他擦脸，然后问他想吃什么。瘸腿僧人很难受，他说不想吃饭，想看病、吃药。湛贤法师为他把着脉，问他这个时间哪家药房开门。瘸腿僧人问："你会看病？"

湛贤法师写好药方，才说在湖北学过医，小病还是能看的。湛贤法师出去了，他敲开了一家药房的门，拿出药方，一位戴着毡帽的山羊胡子老人看了看，问这是谁开的药方？湛贤法师说自己开的，因为学过一段时间医。山羊胡子老人赶紧洗了把脸，说："病人吃坏了，我也脱不了干系，还是跟你去看看吧。"湛贤法师带山羊胡子老人来到寺里，老人给瘸腿僧人把过脉，断定湛贤法师开的方子没问题。湛贤法师跟他回去取了药，并且还借了一个药锅。临出门，山羊胡子老人嘱咐他："这药锅不用了就放在寺里，千万不要送回来，我用的时候再去拿。"

湛贤法师点点头说："这个我懂。"僧人们吃早饭的时候，湛贤法师走在前，从上海跟他来的小和尚用一只小托盘端着饭跟在后，来到瘸腿僧人的床前。瘸腿僧人说难受，吃不下。湛贤法师告诉他少吃点，不然喝下药会更难受的。

众僧人都看见了湛贤法师的举止，撇着嘴指指点点。湛贤法师的举止在僧人中间引起了不小的震动。

小和尚有些担心了，在瘸腿僧人的屋里不好意思明言，他好像在说暗语，悄悄问湛贤法师："他们会看不起咱俩吗？"湛贤法师告诉他："修行，就是修这种心，你这样想，就是毫无用处的沉重挂碍。人家观世音菩萨都肯做救苦救难的事，咱做不到，不能跟人家学一学呀！学都不学，还修行什么？煎药、端药这点小事，还前怕狼后怕虎的，那还怎么修行？"

瘸腿僧人感动得掉了眼泪。

小和尚说："他哭了。"湛贤法师听到了他的抽泣，但没有看他一眼，而是说："哭，也是假象。"瘸腿僧人仍旧抽泣着，说他是发自内心的！湛贤法师问："心在哪？"瘸腿僧人指了指自己的胸部。湛贤法师淡淡一笑："一个说心在这里，一个担心被欺负。如果义玄禅师在世，准要揍你俩的。"

湛贤法师站起身，向瘸腿僧人说："你睡会吧，晚上再喝药。你平时除了上早课、晚课，不要总是在自己屋里，这次病好了，出去和师兄弟们说说话。"那僧人叹了一口气："我是瘸子，人家看不起我，我少找无趣吧。"湛贤法师说："那你就常去我那里歇会吧。"瘸腿僧人感激地重重点了点头。

湛贤法师走出他的屋，远远看见几个僧人在大雄宝殿前的台子上做着奇怪、复杂的动作，他们时而瞪着眼、撇着嘴，时而捂嘴窃笑，时而抬起手指指点点。看见湛贤法师走来，便都散去了。回到自己的屋子，湛贤法师泡上一壶茶，还没来得及喝一口，刚才在那里说话的一个僧人撩起珠帘进来了。他一副神秘的面孔，低声埋怨起了湛贤法师不该管那个瘸腿子。湛贤法师也学着他的样子，神秘而低声冲他念了句"阿弥陀佛"："他愿意瘸吗？观世音菩萨都肯做些救苦救难的事，咱们凡夫俗子有什么资格不做？修行，是让修什么？咱们都想一想，再探讨该不该照顾瘸腿子，好吧！"

湛贤法师仍旧那么和蔼，只是脸上没有了刚才装出的开玩笑样。他说："这种想法对于僧人来说是造孽。知道人们为什么经常说，地狱门前僧侣多吗？因为我们僧侣什么道理都明白，就是不照那么做，所以只能到地狱门前等着。这也怪佛祖，佛祖只让咱们看见了这个阎浮提世界，如果让每个人都去天堂看看、到地狱看看，再回到这个世界，我想，每个人都会好好修行的。"

坐在旁边的僧人伸着脖子，认真地问："你也相信有天堂和地狱呀？"湛贤法师不假思索地说："如果没有天堂和地狱，那么这两个词是从哪里来的？你发明两个词来代替这两个词，并且让大伙深信、承认……这佛祖也真是的，只让众生看见这个阎浮提世界，留着另一半世界让人们猜测是否存在。"湛贤法师这轻声慢语里带着几分埋怨，带着几分期待……

湛贤法师的目光透过帘子的缝隙，无奈地看着外边的天空，然后收回目光，看着这个僧人，好像在等待什么，然后继续"埋怨"佛祖说："可把人们坑苦了！这也许就是人们不好好修行的原因吧。"

小和尚拿着洗好的碗，撩起珠帘进来，将那只碗放在桌上。小和尚没有听见他们说些什么，只看见那僧人好像听懂了湛贤法师的意思，在默默地点头。然后他拿起小和尚刚放下的碗走了。小和尚不解地问湛贤法师："他怎么把碗拿走了？"湛贤法师不动声色地说："他大概看见了碗里有一朵莲花吧。"

下午，小和尚匆匆地来到湛贤法师的屋里，带着几分惊诧，低声而神秘地说："那老小子学好了，他在给瘸腿子熬药。"他那副面孔、不雅的言语逗笑了湛贤法师，使湛贤法师哭笑不得地又脱下鞋，小和尚嬉笑着跑了。这次，湛贤法师举着鞋底子笑着追出了屋，小跑了几步，便穿上鞋，朝斋堂走去，热了些饭菜。

瘸腿僧人即将吃饱，那个僧人端着药进来了。此刻瘸腿僧人的精神比早上的时候好多了，他看见端着药进来的僧人，脸上有了些笑容，有了些感动。那个僧人放下药碗，缓缓地向湛贤法师说："我在这里收拾碗，你去带大伙上晚课吧！"

湛贤法师说："不慌。"这时候，进来两个僧人，他们看看湛贤法师，目光里藏着几分不解，向瘸腿子表示着关心，问长问短。但这对于瘸腿僧人来说，就不错了。那个等着收拾碗的僧人又一次催促湛贤法师去带大家上晚课，他仍旧说不慌，等等吧！

湛贤法师在等待什么？

当年的那位小和尚现在已经是80多岁的老人了，访谈中看上去他的脸色很不好，好像有着很多的怨言，因为在我们的采访中，他经常不由得将话题引到"他的现实生活里"，他究竟有什么话要说，我们没有深究。

旧社会各个寺院大部分都是分着两种僧人，一种是努力认真修行，造就了虚云老和尚、圆瑛法师、本焕长老等一大批高僧、大德，当然也包括湛贤法师这样的典型大德。另一部分人就是整天在寺院混日子的。这一部分人里，后来出现了些不如法的僧人，这部分僧人说起别人来头头是道，而自己却很难做到。

四、第六合作诊所

湛贤法师 39 岁时的 1955 年，在全国发展建设的新形势下，一些地方也出现了反革命敌特分子的破坏活动。其实从 1949 年，新中国成立之后，他们就没有停止过反政府、反人民的行为，只是在 1955 年，那种破坏活动更加猖獗了。

在这样的社会环境中，金华报恩寺里发生了些变化，究竟是什么？有一种说法是这样的：一天下了早课、僧人们吃过早饭的时候，来了几位地方领导，召集众僧人在一棵大树下召开了简单的座谈会，询问每个僧人的特长和喜好。这一次的询问后，三个僧人得到了热情支持，瘸腿子僧人喜欢手工艺，便被安排到了竹器厂；湛贤法师喜欢中医，安排到了金华中西医第六合作诊所（以下简称医院）；还有一位僧人喜欢茶叶，被安排到了一个制茶的地方。

另一种说法是，寺院向政府申请，为寺院培养一些人才，这三个僧人便被政府安排到了三个不同的地方，属于出去培训性质的。按这种说法，这个寺院似乎太有超前意识了，似乎也在情理之中。不过这三个僧人当时的确离开了寺院，他们究竟以什么身份到了俗家人的岗位上，似乎没人知道。

湛贤法师到了医院，每天下班走不算太远的路，回寺院过宿，早上和师兄弟们一起上早课，中午在医院简单的宿舍里略作休息，只是下午下班的时间使他无法与师兄弟们一起上晚课。后来，湛贤法师发现报恩寺的僧人日渐减少，当他问起其他僧人的时候，他们的声音好像来自一个非常遥远的地方，使他难以记住，或说难以记清……最后一道晚霞斜照着寺里陈旧、寂静的楼阁，湛贤法师预感到寺里将要走向一种青黄不接的状态。

虽然每天和俗家人打交道，可他的心仍旧在寺院里。头，仍旧是僧人的光头；衣，仍旧是僧人的粗布衣；食，两餐仍旧是素食。这一切表明，在他内心没有忘记自己来自寺院。两天后，医院领导发给了他一件白大褂，上班时脱下了身上的僧袍，只是小腿以下还留着灰色的、僧人服饰的唯一一点痕迹。

医院没有将他列入正式职工的行列，他是临时工待遇。湛贤法师上班的第三天，就将医院里打扫院落这项工作彻底"打乱"了。之前职工们经常因为谁晚来几分钟、谁少扫几笤帚而闹意见，经常到领导那里说三道四。湛贤法师到后，每天早上来到医院，先将自己所在的门诊办公室打扫干净，然后开始打扫这不算大、也不算小的院落。

到上班时间，职工们走进大门，第一眼看见的就是刚打扫过的、干净的院落。湛贤法师打扫完院落，就到自己的岗位上了，根本没有想其他人的反应，他只想打扫干净就是目的。与此同时，没有人再到领导那里说三道四了。

时间不长，有的职工又开始滋生其他事端。湛贤法师只是默默地打扫院子，其他事均不过问，只是安心跟院里一位中医大夫学习医道。湛贤法师感觉到俗家的烦心事太多了。在过去的岁月，只是听师父讲经、读些经书、感悟一些道理，那都是理论方面的，现在是面对现实生活在修行，这是"修生活禅"的机会，他将自己的每一天都当作"修生活禅"来认真对待。

与俗家人打交道，湛贤法师每时每刻都在注意着自己的言行，时刻都在提防着"自己"，他非常清楚，自己最大的敌人就是自己，这个"自己"一旦不小心，就会在别人心里划上一道很深的痕迹，并且这道痕迹在别人嘴里永远都是新鲜的，因为有些人总好在背后、在无聊的时候揭别人的短处，所以，湛贤法师多年来在生活中一直都非常小心"自己"，警惕"自己"。

由于湛贤法师的人品、人缘极好，很快便被医院重用起来，院领导让他负责起了后勤工作。当时医院还有下乡帮助农人义务劳动的政治任务，湛贤法师还负责为大家分组、分工的工作。

五、最大功德

在梅雨季节，这里的雨经常没完没了地下个不停，有时候像浓浓的雾，有时候像断了线的珍珠，下得不慌不忙，好像苍天在有意考验众生的耐性。湛贤法师只有在这下雨的早晨才不打扫院落。

一天早上，湛贤法师朝医院走来，前一天晚上雨停了，今天该扫院子了。离大门口还很远，他看见两辆汽车从南边开来，急速驶进医院。当时的金华只有这一座中医院，医院里也有简单的西医、外科设施。

当他走进医院的时候，被眼前的一幕惊呆了，宽宽的瓦房檐下摆上了好几张竹床，床头绑着根竹竿，上面挂着输液瓶。每个床上躺着病人，有大人、小孩、老人……病房里床位全部占满，又在外边加了床。

湛贤法师还没来得及想怎么突然来这么多病人，和他在一个办公室的中年中医便从药房匆忙出来。湛贤法师小跑两步过去，他以为自己迟到了。在一片嘈杂的混乱中，湛贤法师了解到医生、护士都忙了半宿。现在，还在不断往医院送病号。湛贤法师蹲在刚抬来的一位病人跟前，为他把着脉，看着病人的脸色。湛贤法师断定，他们是中毒，但不知道中的什么毒。中医告诉他，已经把过脉了，现在正等化验结果出来呢。

医院主任忽然喊化验结果出来了，让全体医生赶紧到小会议室开会。湛贤法师悄悄走进会议室，拿起主任面前的化验单看了看。

这时候，金华的公安忽然来了。原来，公安同志们为群众中毒事件从半宿一直忙到了现在。一位领导模样的人告诉大家，群众中毒，是敌特分子往水井里投了毒。在座的每一个人的神经猛然绷了起来，脸色变得蜡黄，气氛也陡然紧张起来，这一瞬间只能听见鼻孔里的出气声。

湛贤法师说，在湖北的时候，有十多个抗日伤员躲到了寺里，也有中的什么毒，他们的脸色和现在中毒的群众脸色差不多。"我跟两个师父上山采了些药，回到寺里煮了煮，下午喝下去，第二天早晨那几个人就睁开了眼。我只记得那几种药材的样子，要么我去附近的山上去看看吧？"主任同意了，他便和中年中医一起上山去了。

南方的山上的花草大致相同。刚走到山脚的时候，湛贤法师的眼睛不禁一亮，他发现了两种熟悉的植物，便小心地拔下来，递给中年中医，两人继续上山。湛贤法师很快发现另外三种药材，他喜出望外地告诉中年中医："咱俩每人拔二百棵，就足够了！"湛贤法师脱下自己的僧袍，将采集到的药材包起来。在他们回到医院之前，已经有两位老人和一个儿童被家人拉回去办丧事去了。两人回到医院，将那一包药材淘洗一遍，放到做饭的大锅里，好像煮了一大锅热气腾腾的野菜。他们将煮烂的野草捞出，在每个病人的床头晾了一碗汤药。

护士用小汤勺将汤药喂进那些闭着眼、看上去奄奄一息的病人口中。下午四点多的时候，奇迹发生了，中毒的群众相继睁开了眼，湛贤法师激动得掉下了眼泪，看着中年中医笑起来。这是湛贤法师出家以来最大的功德！他止住笑，擦掉眼泪，双手合十，向躺在病床上的人们念了一句"阿弥陀佛！"

醒来的病人们只是说口渴。湛贤法师一怔，想着几年前在湖北山洞里的情境，说不会出现口渴的症状。中年中医判断，可能是一种草药放得多了。医院领导看见病人一个个醒来，便都松了口气。院长吩咐赶紧烧开水给病人喝，又说："湛贤法师你们两个赶紧去采药，哪一种少采一些，心里有点数。"

他和中年中医来到办公室，翻阅了资料，对哪种草药少采一些，心里有了数。这时看见院长赶紧朝办公室走去，院里所有人都听见了院长抬高着嗓门向政府汇报说，两个老人、一个儿童失去了生命，其他人全部脱离生命危险，这多亏了报恩寺的湛贤法师和医院的中医叶医生。

中年中医，他姓叶。

这次去，两人带着两个大床单，包了两大包。在暮色即将来临的时候，两人背着两大包袱药材，弯着腰走进了医院大门。主任和院长看见他们两个很累的样子，问怎么弄回这么多呀？瘦小的湛贤法师气喘吁吁地说："让他们留一包，让病人喝。"然后赶紧用车拉上另一包，去那个井边，借老百姓一口大锅，赶紧煮，煮好后倒进井里。告诉老乡们，三天以后再吃井里的水。

湛贤法师的善举，受到了金华政府、公安和中医院的表彰。

六、"扫地"

当时金华的气氛仍旧那么紧张，这里的人们继续提高着警惕。中医院里职工间的矛盾也荡然无存，一个个像换了魂，有一些昔日闹过意见的同事，还潜意识地、非常诚恳地相互表示着关心。那种潜意识的关心，在湛贤法师看来，完全是来自"人之初"的那种善！他们过去闹意见、吵架，看来都还是处于假象阶段。

湛贤法师曾经发出过这样的感慨："人之初的那种善，这不挺好嘛，为什么在一起的同事，为一点小事絮叨个没完、闹意见呢？那样堆积起的、无形的东西到底有什么用？那些所谓的胜者只是心理上一种暂时的浮躁快慰，而败者心理上只能滋生出一种更浮躁、更严重的没有深浅的报复，最终也是那种浮躁的快慰——这样的循环有什么价值呢？"

湛贤法师不明白，为什么人们总好与那种负面的"浮躁的快慰"去攀缘呢？用北方人的语言说，叫"尖头""尖巴"。这样的表现，是完全把自己"之初的善"沉陷在了内心深处，放在了袜子里，每天践踏着，造自己的业。初到这里，他不宜主动劝导谁，看着胜者那种盛气凌人的目光，他只能垂下眼皮，默默地念一声佛号。湛贤法师非常重视每个人的眼神，因为在他看来，眼神就是每个人心灵的窗口。

湛贤法师每天仍旧默默地打扫着这熟悉的院落。一天早晨，他刚刚打扫完院落，转身看见前一晚值班的一个中年妇女拿着小笤帚走出了办公室，从屋檐下的台阶根处认真地扫起了院子。湛贤法师不解地看着她问："我刚扫过，你怎么又扫，我扫得不干净吗？"她不好意思地笑着说："这段时间，空气搞得很紧张，不闹矛盾了，感觉心里空落落的，很无聊，闲着也是闲着，我再扫一遍吧！"

湛贤法师不禁一阵苦笑，他感觉到了某种真实，她这是什么逻辑，属于哪一种思维，她内心深处每天都在想些什么呢？有多少人有和她一样或相似的想法呢？湛贤法师冲她深深地念了一句："阿弥陀佛！"湛贤法师深感其甚是可爱，因为她能够说出自己的心里话，但他同时又感到了人性的悲哀。

后来，湛贤法师将这段简单的经过以及想法记录在了笔记本中。那个笔记本，是湛贤法师将一些写错了、撕掉的处方用针线缝缀的小本子。在本子的背面，湛贤法师这样写道：她的不好意思里包含着什么？空气紧张之前，大家闹意见；紧张之后，不闹意见了，只顾忙着防止坏人；坏人不出来，心里空落落的，闲得无聊，开始扫刚扫过的院子。莫非众生相都是这样？实属悲哀，阿弥陀佛！

　　湛贤法师在中医院里平静地工作着，每天都耐心地接待着病人。在他那个简单的笔记本中，还看见这样字迹模糊的语言：医术能消除众生皮肉之苦，如此之举与发展，医者甚是高尚，其学术甚是了得！若可免费为众生疗治疼痛之苦，那么，院方及医生定会深受众生之爱戴，其功德无量，善哉、善哉！

　　他在中医院工作了七八年之久，期间经过了各种"运动"。但这些运动似乎都与他无关，他只是平静地为患者看病。

第三章　小南海竹林禅寺

一、这里的生活之一

粮食在"不断高产"，却一天天走向了使人惶恐的"大饥荒"。湛贤法师在他45岁时遇见了报纸上说的1960年的情景……不知道金华中医院里发生了什么，湛贤法师告别了这里，便去了天台寺，后去了高明寺（高明寺在一个很大的山洞内），在这里结识了学参法师，后来和学参法师来到了龙游镇（现在的龙游县）后周村大队（现在的村委会）所管辖的小南海竹林禅寺。

当时后周村的支书和村长看过湛贤法师和学参法师的介绍信，将他领到了村南口的小南海竹林禅寺，这里有一棵很大的榕树，硕大的树冠有一半探进了竹林禅寺的院墙。一路上，湛贤法师看到这里的情况倒不像传说的那么糟糕。

这里居住着三个僧人。大队划分给了这三个僧人两亩水田来种水稻、半亩旱地来种蔬菜，让他们自食其力。当时来说，这是响应党的号召。支书和村长带湛贤法师来到这里，给五个僧人开了一个简单的小会，让另外四个僧人不要和湛贤法师在劳动方面计较，因为湛贤法师还要为后周村的农人治病……

在这个简单的小会上，湛贤法师提出了是否可以备一个装中药的柜式药斗，支书和村长同意了。在后来的两三天，大队花钱备好了几个柜式药斗、一些中草药。那个小会散了之后，湛贤法师不声不响地将竹林禅寺的佛像上上下下打扫干净，烧上一炉香，规规矩矩地磕过头。

湛贤法师、学参法师开始和这三个僧人一起生活了。当时，学参法师已经有些年纪了，不便于参加生产劳动。湛贤法师除了和三个僧人同时劳动之外，还经常背着筐到山上寻找一些不用花钱的药材，回来自己再做进一步加工，将这来自大自然的东西，分文不花地用在需要的农人身上。

离报恩寺远了很多，可湛贤法师时刻不忘报恩寺，心系着昔日的师兄弟和医院里的叶医生。在这里，湛贤法师和学参法师仍旧坚持着多年寺院里的生活习惯，早晨四点起床，他们两个悄悄地来到殿堂上早课。七点之前、早课结束，湛贤法师开始做他们的早饭。这时候，那三个僧人还在熟睡中。

在没有病人的时候，湛贤法师就和他们三个一起摆弄属于他们的田地。干完这块田地里的活，湛贤法师又帮着附近田里的农人拔草，于是这里的农人们很快与湛贤法师熟悉、亲切起来。下午，湛贤法师在自己屋里开始读经书。其他三个僧人，午睡起来便提上三暖壶水，竹筐里装着茶壶、茶叶和茶杯，沿着寺院后边的小山路，到那片竹林里小瀑布边的小亭子里去喝茶。

湛贤法师和学参法师下午四点上晚课，将近六点的时候才结束，三个僧人回来得时早时晚，有时候站在旁边看热闹似的看一会儿两个人上晚课。有时候他们喝茶喝得饥肠辘辘，便埋怨湛贤法师不及时做点晚饭。

湛贤法师呵呵地笑着，好像欠他们什么似的，又好像在哄小孩，便随着他们的意愿做起了晚饭。学禅法师看不惯这三个僧人的行为，但基于自己刚到这里的原因，埋怨之类的话又不好说出口，便更加助长了这三个僧人的散漫。

后来，三个僧人在一起感觉好像没话可说了，便表示想和湛贤法师、学参法师歇会儿："看你俩都没时间。这里就咱五个人，没有人监督，俺们也不说你们什么，破破规矩吧，要么显得咱们生分了，聚在一起就是缘分，你俩得懂得珍惜缘分。"

湛贤法师告诉他们，早晨四点和学参法师起来上早课，下午四点上晚课。还要抽时间上山采些药材，哪有时间歇着。三个人一怔，端着饭碗相互看了看，似乎在怀疑什么。湛贤法师和学参法师上早课的时候，他们三个还在睡梦里遨游，根本不知道他们两个人还上早课。

在湛贤法师看来，他们三个在懒惰中产生了迷茫，在这片迷茫中已经失去了自己修行的方向，在一片迷乱中错误地贪图着清净、自在和散漫……他们三个人好像就是摆弄那两亩半地的时候比较卖力气，因为生产队里的农人能够看得见。他们卖着力气干活，好像在给农人们展示表演。

湛贤法师很快熟悉了南方的劳动生产，在主动帮助附近农田里的农人们干活的时候，看见农忙季节因为劳累而闹情绪的人，便和蔼地说："把劳累当成修行，多为社会主义收粮食，实在累了也可以歇会啊。"

在他不紧不慢的和蔼声音中，那些因为劳累闹情绪的人们得到了些安慰，那些安慰来自他那副和善的面孔。往往在这个时候，湛贤法师就会用当时的一段真实事情安抚闹情绪的人："六个多月的时间，咱们伟大领袖毛主席就来咱们金华（资料记载 1959 年 8 月 21 日至 1960 年 3 月 14 日）两次，给咱们多大的面子呀！你们还喊累……赶紧歇会，继续干活。"

那个年代，毛主席在人们心目中真的能起到"治懒、治累"的作用，甚至比这个作用更加广泛、更加"灵验"。与此同时，人们听到湛贤法师提到毛主席，仿佛又看到了毛主席在金华留下的足迹！这时候，有人说毛主席还到田间看了看咱们种的油菜花呢！没准还看到了咱们喊累。人们便四下看看，好像在张望毛主席是否在视察，然后笑呵呵地继续干活。

金华地区的党员和人民群众坚持生产建设，取得了令人瞩目的成就。空闲时候，湛贤法师回忆着刚到这里时的情景，和报纸上说的"三年自然灾害"的内容有着很大差别。在这龙游镇、后周大队生活，比北方要好得多，这里的人们能吃饱肚子——这是湛贤法师感受最深的。

很多年后，在龙游镇、后周村提起湛贤法师的时候，中年以上的人们绝大部分人都还记得他，对他有着较深的印象。这些中年人当时都还是儿童或者少年，他们对湛贤法师有着较深的印象，是因为他有着僧人的特殊身份，再就是记得当年湛贤法师给自己看病，当病人家属没有时间煎药的时候，湛贤法师还为他们煎汤药。

　　这里一些进入暮年的老人们，不但知道湛贤法师的出家名字，还知道他的俗家姓名——焦有明。那时候，他经常帮农人干活，有时候在殿堂里悄无声息地打坐，前来就医的人们找不到他的时候，便来到大队，让广播员在高音喇叭上喊他，喊湛贤医生或者有明医生："有人找你看病，听到广播，马上回寺里去。"

　　当人们找到他的时候说："你就在这里等病人吧，别再出去帮他们干活了。"湛贤法师告诉他们："我也是农家出身！"在他们听来，湛贤法师对农家有着深厚的情感，与劳动结下了不解之缘！因为湛贤法师深深明白，懒惰会使人迷失方向。

　　每当湛贤法师做完晚课，便经常到寺院附近的人家帮他们干些活，他很快学会了编竹筐、编竹篮、编竹椅等，一边做着手工活，一边和乡亲们唠嗑，于是和这里的农人建立起了深厚的友情。有时候，遇见邻里之间闹矛盾，他便用佛法的形式、言语调解，使村民认识到了佛教中一些基本的思想理念，他们觉得从湛贤法师口中说出的道理既亲切又究竟，这也是人们牢牢记住他的原因之一。

以往，每当过年过节，支书和村长还有十多个支部委员都要到寺院里，带些东西简单慰问、座谈一番，征求一下对大队有什么意见和要求，问问平日寺院里有什么困难。

有个元旦的前一天，支书和村长带着大家浩浩荡荡地来到寺院里，谈到对大队有什么意见的时候，一个僧人笑了笑说："感谢大队平时对我们的关照……要说意见嘛，我们只是对湛贤法师和学参法师有点小小的看法——平时你两个不要把自己搞得那么紧张，坐下来和大家谈谈心，不要整天除了去地里劳作就是上早课、上晚课，念经、打坐。好像给自己的生活画了一个格子，不能出格一样。"

其实，整个后周村的农人对他们以前那种散漫生活都明白，只是看着他们笑一笑、不吭声罢了。大家看着三个僧人笑了。支书说道："你们三个人经常在后山竹林的小亭子里喝茶、谈心，谈出了个什么？僧人不上早课、晚课，不打坐、不念经，干什么呀？"

支书虽然有几分埋怨，但更多的还是玩笑……

年后，学参法师离开了这里。

二、这里的生活之二

"文革"开始了，大队的领导们从报纸上看见了全国其他省份的一些情况。支书将报纸放到一边，好像对这一类事不太关心，他们知道这样的行为不顶吃穿，有劳动能力的仍旧把力气用在农田里，默默地显现着农人的本分。

有次来了个工作队，几名陌生面孔的人住在了大队部里，他们将工作队员分配到每个生产队，每天晚上召集劳动了一天的人们来开会、学习，并且要求四个僧人也必须参加学习。所谓开会学习就是念报纸。

在一个阴雨霏霏的夜晚，队长念完报纸的时候，一个农人也向队长提出揪出一个牛鬼蛇神、敌特分子来批斗。队长伸着脖子、瞪着眼盯着他，指责他的外公跟国民党跑到台湾了："就你一家人敌特嫌疑最大，那就揪出你一家人吧。就这么定了啊。"

支书和队长谁都没有揪，只是那么一说。确切说，只是那么生气地一说，好像在给人们一种警示和暗喻。

那个夜晚，四个僧人冒着毛毛细雨回到寺院，集聚在湛贤法师的屋里。当晚的会使三个僧人的脸上显出几分不同程度的、前所未有的慌张，因为他们知道自己的身份，在以后的日子里，很有可能要倒霉。那个岁数大一点的僧人说："今天晚上那个人说的话，很可能是针对咱们四个僧人的，我看情况不妙。"

湛贤法师仍是不慌不忙的样子，脸上没有任何表情，阐明了自己的想法，让他们三个去和那个人谈谈心，让他把说出的话赶紧再收回。"不做亏心事，不怕他敲门，你们慌什么？"三个人在湛贤法师屋里的那盏油灯下说着自己的种种猜测……

第二天早饭后，小雨还在淅淅沥沥地下着。这样的天气，农人们都在家逍遥自在地歇着，有的在家自在地编着竹筐、竹篮什么的。那个年岁大一点的僧人独自找到支书，磨唧着自己想还俗的想法。支书的答复是："过两天，研究以后我再找你谈。"

早晨四点，湛贤法师起床上早课的时候，淅沥沥的小雨仍旧下个不停。他洗了把脸，便悄悄来到殿堂上起了早课。七点钟做好早饭，湛贤法师叫其他僧人起床吃饭的时候，发现那个僧人的屋门开着，属于他的一些主要东西不翼而飞。刚起床的一个僧人走到大门处，看见大门紧紧地关着，没有插，说准是半夜悄悄走了。早饭过后，三个僧人到大队向支书说明了这里的情况。支书查看了那个僧人留在这里的档案，知道了他家是江苏常州的。支书让一名副支书和村长冒着小雨，带上他的档案、户口赶紧前往常州。

支书和剩下的三个僧人来到寺院，开了一次小会，支书的意思是："谁想走，不留，大队给你们发路费，发路上吃的，送你们到车站，但必须让大队知道是什么时候走的。像他这样偷偷地走，如果在路上出点事，谁负责？……"没有得到那个僧人的确切消息之前，三个僧人和支书都在担心。

深秋的时候，又走了一个。他临走时，大队真的给他发了路费，带了些路上吃的东西，将他送到汽车站。元旦的时候，又走了一个。这里只剩下湛贤法师一个人了。他像往常一样，自己每天早晨四点上早课，下午四点上晚课，打坐、念经和看病。年后的一天，支书将属于寺院的两亩半地收回并分给了一个生产队。意思是，剩下一个人，就让一个生产队养活他算了。

这个生产队队长和社员们高兴地接受了湛贤法师，他们知道湛贤法师平易近人而又和善，和善地帮他们干活，和善地开些小小的玩笑，在欢笑中讲一些道理。有社员说："湛贤医生来咱队里，欢迎！"

湛贤法师已经成了大家的和善使者！在生活中，有谁不愿意接受、亲近一个和善的人呢？他还能给人们带来一种"福音"——治病，并且是免费治疗。农人们感谢他的时候，他却说："不用感谢我，药是大队出钱买的，感谢咱们大队、感谢支书和村长就可以了！"湛贤法师就连这点感谢也不贪。

农人们经常看见他在山坡上采药，他将这份自己劳动所换来的感谢，也加在了大队和支书、村长身上，他什么荣誉也不要，身上什么荣誉也没有，只有那身平常的、灰色陈旧的僧袍，他落了一个浑身轻松，落了一颗平常心就非常满足！这里的人们有着一个公认的、发自内心的说法——和他交往，至少说省心。

三、这里的生活之三

春天的一次支委会上，工作队里一个人又阴阳怪气地提出揪出两个牛鬼蛇神、敌特分子："象征性地批斗一下，有个动静，我们也好汇报嘛。年底的工作总结也好写点什么。"听上去，他提出批斗谁，只为自己年底写工作总结凑点材料。

支书经常到公社开会，比较了解其他村庄的情况。

此刻，支书用带某种含义的目光揭穿了那人阴阳怪气的言论，问道："你说批斗谁？"那人仍旧那么笑着说："湛贤医生不是个僧人嘛，僧人都是以善为本，我看就让湛贤医生委曲求全一下吧，咱们也不会狠狠批斗他，就那么象征性地……"

支书看了看本村的几个支委说："湛贤医生是个僧人，以善为本，这个不假。可我们看见的是湛贤医生站在马列主义、毛泽东思想的立场上，和农人们一起参加劳动，给农人们耐心治病，帮农人们编筐、编篮。农人之间发生了矛盾，又去帮他们解决。我说的是不是谎话，让在座的支委们说。"

支委们纷纷说湛贤医生是老实人、好人！支书严肃地说："如果承认我说的是实话，那批斗湛贤医生，就是在欺骗组织、欺骗党、欺骗我们伟大领袖毛主席——这属于什么性质？我作为党的基层支书，这个责任、这个罪名我担不起。谁能负起这个责任、担得起这个罪名，湛贤医生就在寺里，去批斗吧。但是，别忘了伟大领袖毛主席的教导——实事求是。"

那个人被吓出了一头冷汗。支书仍旧那么严肃："咱们不能看谁以善为本，就欺负谁吧！那是什么思想？那可是旧社会的封建、半封建思想。咱们现在是共产党领导下的新社会，这么做就是故意破坏党的实事求是的原则，你是想搞封建思想复辟吗？——在座的党员干部答不答应？"

大家气愤地大声回答："不答应，坚决不答应！"

其他人你一言、我一语，尖牙利齿地批判起了她。

那人想批斗别人，却开了一场严肃的批判自己的批斗会。

湛贤医生在异乡这样的环境里稳稳妥妥地继续生活着，勤勤恳恳地参加着农田劳动，耐心为农人治病，像往常一样继续帮助他们编筐、编篮，和这里的农人编织出深厚的情感。这样的辛勤编织是一种修行！是实实在在地在修佛经与生活相结合的、自己多年前所说的——生活禅。暮色降临的时候下起了淅淅沥沥的小雨，湛贤法师做完晚课的时候，一个中等身材的人打着雨伞，悄悄站在门外，寺院的大门被轻轻敲响。

湛贤法师看着在雨中熟悉的影子，断定是支书。坐在屋里，支书告诉他："工作队里的某些人想把你当成牛鬼蛇神、敌特分子揪出来批判。好在你经常下地和农人们一起劳动，帮他们编筐、编篮，以后要坚持呀！……"

湛贤法师轻声慢语地说："你有正知正念啊！为我

这个外乡人，你挺身和他们理论。"湛贤法师双手合十，向他念了一声"阿弥陀佛"，说道："支书啊，以后要认真学习马列主义、毛泽东思想，培养自己的慈悲心、善心，农人就会尊重你、喜欢你！你的信仰、道德、慈悲等等都是你的财富，就是你的福禄呀，你可得要好好珍惜！"

支书听着他的言语，感觉耳目一新，湛贤法师又笑了笑说："听毛主席的话，也是修行，毛主席教导咱们为人民服务。如果没有善心，那种为人民服务就是唬弄上级、欺骗群众，你想是不是？……要做到经常查找自己的缺点，不断地去掉我执，全心全意来为人民服务——这是修行、修生活禅啊！"

支书眨巴着眼说："看见无事生非的人，就想给他耳光……"支书越说越生气。湛贤法师冲他脑门上戳了一手指，埋怨他："刚才说你有慈悲心，转眼就又没有了。你要学会培养自己的清凉心，去掉烦恼病，就不想给人耳光了。佛说一切法，为治一切心；如果没有一切心，怎么来用一切法、怎么能很好地为人民服务呀？佛陀说法，就是要治众生的——烦恼病。常说'勤修戒、定、慧，熄灭贪、瞋、痴'，就是用'戒'来治'贪'；用'定'来治'瞋'；用'慧'来治'痴'；自己的身心才能去

83

掉烦恼病，才会有清凉心，才能更好地为人民、为社会主义服务，你才能当好支书，你动脑子好好想想吧！"

那个夜晚，湛贤法师看见了支书的正义、大胆……

那个夜晚，湛贤法师也大着胆子向支书畅说着……

四、这里的生活之四

那支工作队在冬天的时候撤走了，大队里也不召集农人们每天晚上开会学习了，一切似乎都平静下来，农人们平静地过了春节。开春的时候，又有一支工作队，驻扎在了后周村。他们来到这个村的当天晚上，就召开了一次全体支委会。会上，那个领头的队长就板着面孔，说话的口气有些生硬，好像在震慑谁。

支书看出了支委们有些反感，但又不敢言语。支书慢生生地告诉他："领导同志啊，别老板着面孔，说话和气一点嘛。我们初次见面，你何必说话那么生硬呢？我们乡下人胆小，别吓着我们。在座的支委都是贫下中农，你面对的不是阶级敌人。"

那位领导的脸上马上露出了笑容，缓缓口气说："现在政治形势还不允许我们笑，我是想尽快揪出牛鬼蛇神、阶级敌人，保障开春后的农业生产顺利进行呀。"支书说：

"俺们后周村没有牛鬼蛇神、阶级敌人。"那个人笑着提起了湛贤法师："现在要把一切放下，阶级斗争要紧，咱们是不是把他揪出来批斗批斗？"

支书也笑嘻嘻的样子，说先让工作组同志们在村里调查湛贤医生有没有牛鬼蛇神、阶级敌人的劣迹。如果有，该批斗就批斗；如果没有，甚至超出了你们的想法，是不是给予表扬和奖励？怎么表扬、奖励什么，空口白牙说了不算，白纸黑字写下来。不能查不出来就不了了之。更重要的是，必须坚持党的实事求是的原则调查，违背这个原则，自己马上带领全村人去上访告状。

他们没有敢调查。但支书发现，这些人其实是在暗暗地、虎视眈眈地盯着湛贤医生。四月下旬就进入了梅雨季节，在一个阴雨的夜晚，湛贤法师又一次听到了熟悉的、轻轻的敲门声，支书打着伞来了。那个夜晚，乌云压得很低，仿佛就在头顶，但雨下得不是很大，两人在这寺院里说了很多话……

湛贤法师在这里又平静地生活了多半年之后，便将户口从后周村迁了出来。他要去哪里，除了支书好像没有别人知道。屈指算来，湛贤法师在这里平静而又充实地生活了十年多。后周村的人们经常念叨他，当有人闹病的时候，就更觉得湛贤医生的走是一种损失。后来，有人打听湛贤医生到底去了哪里，要找他看病，因为这个村上的好多人都已经熟悉了他看病的手法，更熟悉他那和善的态度。

在我们长途跋涉的采访中遇见了当年那位支书，他已是老态龙钟的老人了，不过他那双鹰一般的眼睛还证明着自己有相当充沛的精力来回忆过去久远的事情。他回忆说："后来工作队里那个总板着面孔的人犯了关节炎，疼得直叫唤。我故意说，湛贤医生在就好了，给你扎一扎、拔一拔火罐，包你马上好一半，不至于这么受罪。再给你开几幅中药，差不多也就好了。"

"那个人疼得呲牙咧嘴，问湛贤医生在哪里。我说谁知道他在哪里？他出了这个村，我就不晓得了，你忍着吧……这种话让湛贤法师听到，又该用手指戳我的脑门了！"

他露着满嘴整齐的假牙得意地笑着，那种得意仿佛仍旧在遥远的某一天。

湛贤法师的走，好像出于某种无奈。

湛贤法师确实在一个遥远的地方，等待着……

第四章　故里

一、途中

　　将简单的行李留在了邢氏女孩的外婆家，湛贤法师背着一只小包，里面装着几本经书。翻过一座座山，走过一座座桥，跨过了长江，他来到了阔别已久的山东济南净居寺，他想看看阔别已久的师兄弟！

　　下了火车，湛贤法师径直朝净居寺走去。但净居寺里已经没有僧人了，他在门口只做了短暂的停留……

　　湛贤法师来到火车站，是买到河南省的车票、还是直接到河北省石家庄的车票？犹豫良久，他便买了直接到石家庄的火车票。其实湛贤法师非常想到河南省太白山云台寺去看看，看看久违的云台寺和师兄弟！

二、西黄泥村之一

石家庄的平山到处是山坡、自然的山脉，山上长满枯草和掉完叶子的荆条。湛贤法师乘坐公共汽车来到平山县城，徒步朝城北走去。他走过一道道山坡，跨过一道道山梁，走在弯弯曲曲的小路上，回到阔别已久的故乡！那时候的西黄泥村周围，到处都是完整的山坡、完整的山梁，显示着大自然整体的完美……那好像就是湛贤法师潜意识中所追求的人性的自然完美，这样的完美不禁使人感到一阵阵舒心，在高高的蓝天白云下，不由地深呼吸、长出气！他眼巴巴眺望着阔别已久的家，寻找着阔别已久的亲人！

干枯的小草被风吹动着，在湛贤法师的脚下摇摇摆摆，像被风吹得陶醉了似的，又像欢迎着阔别已久的湛贤法师归来。他站在高高的山坡上，张望着久违的西黄泥村。它像一副古老的油画，一片片陈旧的房屋、一棵棵高大挺拔的树木映入了湛贤法师的眼帘。他的眼睛开始模糊了，看着久违的故乡，泪水直在眼眶里打转！

他在这幅陈旧画卷里寻找着自己家的房屋和树木。昔日的一切已不复存在！陈旧的过去随着眼前的一切使他内心产生了某种错综复杂的情感，油然而生的某种心酸使他热泪盈眶！他在这寂静的山坡上跪下来，朝着生他养他的这片热土恭敬地磕了一个头，富有情感地、深深地拜了拜久违的故乡。他擦掉眼泪，又向生活在这片热土上的父老乡亲们默默地念了一声"阿弥陀佛"！

黄昏时分，湛贤法师走入了这幅陈旧的画卷，身临这陌生而又熟悉的油画，显出了自己的某种逼真，这种逼真继续着40多年前的某一天。他站在1970年将要入冬的西黄泥村街道上，在记忆中搜寻着自己的家门。

记忆里，40多年前自己家在一个很深的辽阔大坑里，这个辽阔大坑实际就是干枯的河道，大坑里东一户、西一户，这里的住户都是揭不开锅的贫民，他们好像什么都不怕，但就怕到每天吃饭的时候。

此刻，广阔的大坑里一户人家也看不见了，自己的家搬到了什么地方？当年大坑里的人都搬到哪去了？他转过身再看看临街的房屋，有的人家盖起了蓝砖房子，那蓝砖是横着用的，整个墙上露着整齐、规则的白灰痕迹，屋檐下露着黑黢黢的椽子，石头砌的院墙、石头砌的房子，这大概都是新中国成立后新造的。

这里属于太行山半山区。在那个年代，这里什么都缺，就是不缺石头。家家户户的街门前和40多年前一样，铺着石头地面。湛贤法师站在这里，好像在视察久违的故乡！这时候，一个人走出家门，看见僧人打扮的湛贤法师，便马上想起这个村上只有焦家老三、有明出家了，莫非是有明回来了？

经过询问，确定是他。"找不到家了吧？"这个人告诉他："1958 年，政府给那片水域起了个名字叫岗南水库。修岗南水库的时候，河道里的人们就都搬上岸来……我带你回家。"从这家南墙外上了一个很陡的坡，又往路南的山坡上走去，看见半山坡上唯一一户人家，他断定这就是自己的家。

坐西向东三间低矮的蓝砖小平房，没有院墙。很小的院里有很多从山上刮下来的干草枝和荆条的干叶子，北边还有一座不大的猪圈，南边就是高高的山壁。在淡淡的暮色中，院里显得非常荒凉，四方格子窗户上糊着发黄的旧报纸。

这样的情景使他内心错综复杂，隐隐感到几分心酸……在他多年的修行里，极少出现这样的情绪。看见亲人、看见自己的家，竟然产生了这样浓浓的怜悯心！不过还好，这样的感觉在他内心很快闪过去，内心装着的佛法将那种错综复杂的感觉很快捋顺了，顺得就像均匀的呼吸。

他跟在带他回家的人身后念了句"阿弥陀佛"。在这声佛号里有着几分埋怨、责怪，提醒自己不该有这种想法。再往远处看一眼，这里的乡亲们的房屋都差不多，领他回家的人大声喊着："出来看看谁回来了！"

家人看见多年不见的亲人，似乎也有些认不得了，好在有他身上的僧袍来印证着家人的记忆。湛贤法师的二哥惊诧地叫着"有明、三弟回来了！"……荒凉的院落、荒凉的家里立刻生起了祈盼已久的潮热的生机！

从屋里走出一个虎头虎脑的方脸的留着小平头的少年，他的脸上带着几分腼腆，冲湛贤法师微笑着，白净的面孔显现着少年的幼稚，有神的眼睛里透着十足的善良和精明。他身上的衣服和布鞋上打着补丁，证明着家庭的艰辛……湛贤法师看着眼前这个可爱的少年，问这是谁？他的二哥告诉他："他是岩国，你的侄子！"他没有想到，焦家的根苗都这么大了！湛贤法师先让带自己回家的老乡进屋，一起歇会儿。

在他回到家的这个晚上，见到了部分亲人。二哥告诉他，父亲是哪年去世的，母亲前两年也去世了。

湛贤法师回到家乡的消息，瞬间在西黄泥村成了新闻。

一时间，在西黄泥村，"有明"遮掩住了"湛贤"这个名字。

上午，家人和他来到大队，见到了支书和村长，以一个村民的身份说明了回到家来的情况。换一种说法，意思是，以后要在这西黄泥村生活了。支书、村长和大队里其他人热情地和他打着招呼……他提起了自己的户口，支书的意思是："如果以后还出家，户口就先在你手里拿着。如果不想出家，就落在咱村里。在咱家里这都是小事啊！"

三、西黄泥村之二

有明法师和二哥一家人吃住在一起。在他回来的这段日子里，天气一天比一天冷了，太行山区里的风好像比外面凉得多，也冷得多，比山外的寒气来得也早一些。由于家庭情况，他只能和家人挤睡在一条大炕上。每当家人在后半夜（时间应该是凌晨四点以后，因为寺院上早课的时间是早上四点）点着煤油灯方便的时候，便会看见有明法师坐在炕上，用被子把自己包裹得严严实实，乍一看有点怪吓人，但更多的是稀罕。

将自己包裹得严严实实，俨然形成了一个属于自己的、被子里的清净小世界。

山上的枯树叶被寒风吹得到处都是。那些干树叶从山上大面积地飘下，远远望去，非常壮观，同时也唤醒了有明法师对少年时的记忆。他向家人了解延寿寺的情况，家人告诉他那里先是扫盲培训班，后来成了学校，现在大门被封起来了。

那些天，有明法师经常到附近的山上捡一些做饭的柴禾，剩下的准备用来过冬、烧炕。……太行山区的凉风掠过他的脸、他的身，夕阳西照的阳光笼罩着太行山区，寒冷围绕着背着一捆柴的、个子矮小的有明法师。他走在寒冷的斜坡上。此刻，他将要迈入 56 岁了。

每天拾柴的时候，有明法师总好有意识地朝着延寿寺的方向走去，那是一段不算近的路程。他在破旧的延寿寺附近拾柴，看看四下无人，便跪下冲着破旧的山门磕一个头，虔诚地拜一拜这久违的山门，然后静静地坐在山门外的石阶上，一动不动。寒风吹着他，不觉得冷；冰凉的石阶，也不觉得凉。他在寒冷的阳光下、人烟稀少的延寿寺门前眯着眼睛默默地眺望远处，就像一座木雕，默默展望渺茫的未来，渴望着理想的明天。在他的展望里，只有从"想象出的未来和明天"中，内心才能得到几分慰藉！

有明法师不忘早晨四点悄悄起床做早课，只是晚课的时候稍微晚了些。只能等吹灭那盏油灯、家人睡熟以后，才能悄悄地盘坐在炕上，默默地背诵经文，为这一方贫穷的老乡们祈祷着能早日过上幸福生活……在当时那样的条件下，他只能默默地简单背诵一下经文，然后回向给西黄泥村的乡亲们。

那些天，经常有老乡在晚饭后，来找有明法师闲聊，说一说他们记忆中遥远的童年，从中找到一点童年的乐趣。这种回忆过去的方式，似乎成了他们那个年代的生活乐趣之一。不过更多的时候，他们还是向有明法师请教一些生活中的实际问题，希望能在他这里得到些富有善意的答案。

有明法师站在"忍辱"的角度，用着一颗平常心向他们讲述一些道理。他听着乡亲们的讲述，感觉老乡们非常需要平常心，唯独那些家中男孩多的人家，总好欺负家里净是女孩的人家，即便大队出面来调解，也有暗暗的偏向之心，偏向那些有男孩的家庭。有明法师意识到这是传统的封建意识在作怪，于是他便站在"忍辱"的角度给他们一种解释，让大家能够体味到忍辱之后的某种光明，他先从"吃亏是福"说起……

关于"忍辱心"，有明法师就向他们阐述老半天，讲到口干舌燥的时候，便耐心地安慰自己：他们离佛法很远，多说两句话，能够听懂了，那就心满意足了！在那个年代，有明法师有意识地尽量避开佛法、佛教用语来向乡亲们讲述一些生活中的道理，讲忍辱心、讲平常心。

他的言语使当时很多乡亲们对他产生着好感，当然也有一些不安分的人不这样看。他们觉得他是一个怪人，甚至说是一个傻人。这些人只是在一种模糊的概念下，承认着他是一个"修行人"，但不知道有明法师在修什么。但他们非常想知道这样"修"到底能得到什么"东西"，人们最重视物质的东西。

持这种认识的人，绝大部分都在死乞白赖地追求生活中的"精明"，与有明法师的行为形成鲜明对比。在有心人眼里，他们看清了那些死乞白赖追求精明的人一副副面孔，并且对那些人产生了发自内心的反感。……有明法师便悄悄告诉他们："乡里乡亲的，不要产生反感，我知道你们有正知正念，不过中央领导不是教导咱们要团结、不要分裂嘛。"

天气变暖了，有明法师搬到了另外一间屋。这时候的岩国已经参军，乡亲们晚上再来找他闲聊，就不会影响人家休息了……

那时候，说不清南方的寺院到底是一种什么情况，只知道有的寺院解散了僧人，拆掉了寺院。有的寺院保留着，还有僧人。在有明法师回到平山以后的几年，他在南方待过的寺院有什么要紧事，仍旧写信，要有明法师过去，在那遥远的寺院里，他经常待几个月，甚至半年。在这样的往来中，大哥在1972年去世了，他没有赶上为大哥送殡。1975年，二哥去世，他也没赶上为二哥送殡。但他似乎没有太大的遗憾，只是向埋葬两位哥哥的方向，双手合十，默默地为他们送上一句佛号。

四、西黄泥村之三

1975年的一天，家人所在的生产队队长来找有明法师，说想让有明法师第二天到生产队接替出纳（兼记工员、保管员，主要是记工），当时的出纳已经很老了。那时候，西黄泥村识字的人还很少。如果站在没有私心的角度考虑，恐怕有明法师再合适不过了。几天以后，在吃饭桌上，二嫂问有明法师干出纳怎么样？他说出了自己的心里话——大队、生产队，能在西黄泥村盖一座寺院就好了！二嫂嘻嘻地笑起来："这不是和尚们的生产队，谁给你盖寺院呀？"

在接下出纳的同时，有明法师将自己家里的算盘、桌、凳相关的物件都搬到了生产队的办公室。家人看着他这样的举止，不免有些不解，便埋怨他："给公家干活，为什么不让公家买新的？"他的回答非常实在："公家也是过日子的，能省下一个不好呀！这东西在家放着也没用，公家能用就用呗！"

一天傍晚，刚刚点起油灯的时候，大姐来看望他，便随口劝说："现在不兴你们这个（指佛教）了，你岁数不小了，娶个媳妇在家安安生生地过日子吧，再过几年，上了些岁数也好有个伴儿。"

有明法师盘坐在炕沿上，听到大姐这种话，便拽了个被子蒙在头上，盖住了全身。大姐以为他不好意思："都是一家人，又没有外人，有什么不好意思？"便拽下他头上的被子，看见他双手合十、一副严肃的面孔正在默默地念佛号。

这样地盖住全身，似乎是想要不被世俗的一切污染到自己。大姐看见他那副面孔，感觉到如果再劝说他一句，他就会深深地受到伤害。于是，大姐便不再说这种话了，只是无奈地看着那盏油灯跳动着的火苗，闻着屋里飘起的煤油味。有明法师轻声慢语地埋怨大姐："你们永远闻不到佛法！"

一些流言蜚语飘在了生产队上空，这种流言是那些精明的人制造的，那种声音随着太行山区的小西北风飘到了有明法师的耳朵里，使他清晰地听到——"其实这个出纳是让我当的，有明要不回来，不就是我当上了嘛。"

那几个"有追求、有梦想"的人都在背后悄悄制造"这个出纳本来是让我当的"这样的话。像把脉一样，有明法师把出了他们内心所想的一切，同时也看到了人性的悲哀。也有人替有明法师说话："他没有回来之前，队长为什么不让你当呀？就打算让你当，又来了一个比你更好的人，怎么办？"

面对这尖牙利齿的言来语去，有明法师左右为难。有明法师想就着这种言论找队长辞掉出纳这个职务，让给那些精明人。那时候，在生产队当一名出纳，虽然没有权，但是一种荣耀……人嘛，不争抢这些，那还干什么呢？有明法师决定辞掉这个职务的同时，他还想着怎么帮助那些老乡们"修"这骨子里的东西，"修"这种无形的东西，谈何容易？

有明法师好像只有等待……

五、西黄泥村之四

第二年入夏的时候，有明法师所在的生产队忽然出现了几个初中毕业生，有明法师便赶紧找队长，要求从他们中间挑选一个，来接替出纳，并且强调自己岁数不小了，让年轻的孩子干吧。队长告诉他，看着他们的个子不小，可岁数不大，还年轻，先让他们参加生产劳动，锻炼锻炼再说。并且说，其实你干这个差事最合适，干两年再说吧。

回乡这几年来，有明法师清楚地看着生活在这片土地上的众生，产生了很多的感受。有的事深深触及到了人性和灵魂，使他深感一种疼痛和悲哀。那种悲哀和疼痛就像跌宕起伏的潮水，但那浑浊的潮水没有能漫过他心灵的高坡。只是使他无奈，只能无奈地一次又一次感到悲哀。

他不明白，为什么众生在这个阎浮提世界里会悲哀得津津有味，在生活中津津有味地制造着悲哀。众生每天都在高兴地制造着矛盾，矛盾在不断地生成着悲哀。那种悲哀隐藏在阴暗的角落，虎视眈眈地注视着……好像随时制造着身边更大的矛盾和悲哀。他看到了矛盾和悲哀——在不断地循环。

年底，在社员会上，队长宣布由两个踏踏实实参加了两年生产劳动的初中生接替会计和出纳，并且对会计和有明法师进行了表扬。表扬他们记账认真、不徇私情，然后又对在这两年来扎扎实实劳动的两个青年进行了表扬。

于是，那些精明的人又制造了一场无聊的风波，这风波的主题无非还是"本来该我当的"……有明法师又一次看到了人心的浮躁，就像看见刮起的尘土中悬挂着一颗跳动着的、鲜红的人心。那颗心被尘埃紧紧包裹着，破坏了原本的鲜红，使人辨别不出本来的颜色……莫非这就是人们所说的"能人"？这是自作聪明、一种愚昧的狡黠，这些人什么时候才能和这种愚昧的狡黠彻底了断呢？

心是非常宝贵的，它却随着刮起的尘土飘荡，它也许被飘到村外的粪坑里，也许被飘到没有人烟而又孤寂的太行山山坡上……无聊的声音来自于被刮起的尘土中，随着村外粪坑里飘起的臭气，不知道落在什么地方？脸上有了尘土，洗一洗，那颗宝贵的心有了尘土怎么办？在五台山的时候，师父讲过，扫地扫地扫心地，不扫心地空扫地……阿弥陀佛！

六、西黄泥村之五

不当出纳了，内心没有那种富有责任感的挂碍了，看上去精精神神的面孔，这样无所事事地歇着，加上他比较特殊的身份和个人历史，家人担心他会歇出问题。于是，二嫂建议让他做点小生意，从形式上说也是为人民服务的表现。

二嫂找到大队，向支书说了想为人民服务的想法，支书同意了，这就避免了人们说是在搞"小资产阶级"的嫌疑。与此同时，借着这个机会便向大队要了一块能盖三间房的地方，请人来盖了一大间、一小间平房。大间的当做店铺，小间用来休息。侄子岩国已经复员回乡了，和他住在这里。有明法师的小卖铺开起来了。虽然在形式上和二嫂一家人分开了，但他们仍旧经常在一个饭桌上吃饭。

在以后的日子里，比较穷的老乡们来买东西，他往往是少要钱、甚至不要钱。结果挣的钱寥寥无几，连本钱也挣不回来，连进货都不够。很穷的老乡们来买东西，人家不好意思地说先赊账，让他记上。他便向人家呵呵一笑，轻声慢语地告诉人家："赊什么、记什么呀，拿走用吧。"……他的这些行为，好像这些东西不是趸来的，而是自己不费吹灰之力做出来的、自己变来的。他这种行为真的是在——为人民服务！

大概有三个月的时间，店铺里的东西越来越少，少得几近可怜。二嫂听说他经常白送人家东西，有时候钱不够就让人家拿走，便问他最近挣了多少钱。他笑呵呵地支应道："哎呀，挣什么钱呀，没挣多少。"他的态度就像今天的生意人一样隐瞒着，好像怕二嫂听说挣了钱，她也做生意，抢他的买卖一样。

二嫂忽然显出一副哭笑不得的样子，彻底揭穿了他："要说没挣多少钱，我相信。人家的钱不够，就让人家拿走，还经常白送人家东西，你要能挣钱才怪呢！"有明法师带着几分郑重说："都是乡里乡亲的，家里用个东西，钱不够，咱就真的不让用吗？……喜结善缘，比什么不好呀！"

二嫂和他之间的兄弟情远远胜过了一切，进来那些商品，绝大部分资金都是二嫂多年来的辛苦钱，就这样轻而易举地付之东流了。然而，她作为嫂子，没有和有明法师因为这个计较什么，只是无奈地看着他摇头苦笑！

当外人向二嫂提起这事的时候，她也只是淡淡一笑。只有上些年岁的老人说："有明这人呀，一切东西在他眼里都是一个字——空。一个'空'字好写、好念，真要修成这样，一般人做不到。"二嫂也明白，在有明法师的心里，除了善良就没有别的，他这颗善心在众生间不停地跳动！

看着剩下不多的货物，有明法师信誓旦旦地说："我骑上自行车，赶集去卖呀。"于是便对着集日，骑着自行车，带着货物赶集去了。早上去的，不等中午就回来开始打扫起了空空荡荡的店铺，然后为二嫂一家人做好了午饭。

家人从地里劳动回来，看见打扫得干干净净的店铺，再看看做好的午饭，算着这时间也就明白了一切。二嫂故意问："赶集卖了多少钱呀？"他笑呵呵地说："卖了不少。"那时候没有电视，没有娱乐。吃过晚饭，乡人们都好在街边、在树下坐着聊天。二嫂也是这样，吃过晚饭便悠闲地朝不远处的一棵大树下走去，有人看见她过来，猛然想起什么似的，先是咯咯地笑，然后说："今天看见你家有明，在集上给别人发东西了。"说完，大树下便响起一阵咯咯的笑声。二嫂无奈地将头一歪，脸上掠过一丝淡淡的苦笑，便坐在树下的土坡上。

他们的笑声过后，便是将有明法师当作笑话一样来议论，那些议论里无处不显现着各自的精明。二嫂只是

第四章 故里

103

坐在那里默默地听。……寂静的星星、寂静的月亮，还有背后这棵大树都在默默地听。他们说个不停，像是在向各路神仙汇报有明法师的善举。

七、西黄泥村之六

家人下工回来，看见院里的树下垒着一个砖池，里边放着一块大塑料布，放着水，里面泡着好多从山上割的荆条。看样子有明法师要编筐，赶集卖筐。二嫂洗手坐下吃饭的时候，忽然问："编筐，给谁呀？"有明法师脸上没有一丝笑，轻声慢语地说："俺去集上卖。以后你用俺的筐，也得给钱。"他说完，一家人哈哈笑起来。

吃饱饭，玩笑开够了。

劳累了一上午的家人到屋里休息去了。

有明法师坐在树下，开始编筐了。

二嫂没有说错，有明法师编好一个筐，拿出去就送给了街坊邻居。家人只看见院子里的荆条时多时少，只看见他在编筐，却看不见家里有一个新筐。直到深秋，二嫂说："你整天编筐、编了多半年筐，你剩在家里两个筐行吗？"有明法师编着筐，头也不抬地说："剩下三个也行，不过俺得卖给你。"

二嫂笑着说："行啊，你说多少钱一个吧。"有明法师仍旧编着筐："一家人说钱显着就远了，你给孩子们一人买个烧饼吃，咱们这样换一换。孩子们正长身体，不能老跟着咱们吃山药、吃饼子。"

二嫂非常感动！说道："你不这样换，我也得让孩子们吃个烧饼。"有明法师终于抬起了头："真的呀？那我就不剩在家里筐了啊。"二嫂又是一副哭笑不得的样子，无奈地指着他，苦笑着说："你呀你呀……"

家里真的该换新筐了。

直到收山药的时候，家里有了四个新筐。临收山药的时候，剩下了三个。还没收完山药，剩下了两个。收完山药的时候，只剩下了一个。四个新筐，在大白天就没有了。二嫂故意不看他，转过身和蔼地说："是家里招贼了，还是有人又结善缘了，这个谁来回答？"

有明法师倒认真起来："家里是该有两个新筐了。"……他继续编着筐，在此期间，他觉得手里缺零花钱了，这一次他编的筐，真的拿到集上去卖了。那一年他赶了几趟集，挣下了十几块。

有一天喇叭上突然响起了高亢激昂的声音。仔细听，是在喊打倒"王、张、江、姚"，这四个人是谁，西黄泥村的人们当时还不太清楚。

当人们朦胧地产生了"经济意识"的时候，西黄泥村的人们的思想也有了某种程度上的蠢蠢欲动，但又不敢明目张胆地发展。这时候，有一个有经济头脑的、管有明法师叫伯伯的亲戚，看中了他的诚实，便来找有明法师，打算合伙买一台压面机，做面条生意。

有明法师想把编的几个筐卖掉再说。他建议有明法师把那几个筐卖给队里，两个人便合伙买一台中型手摇轧面机。至于资金问题，有明法师让他有多少出多少，但也不要搞得家里经济紧紧张张的，不够、剩多少自己全包着。

于是两人在有明法师曾经卖东西的大屋里架起了一台轧面机，两人拉来了自己家的面粉。二嫂家瓮里的面粉也下去了很多。面粉，变成了湿面条，变成了一封封的挂面。……人们纷纷来用面粉换面条、换挂面，生意络绎不绝，这间大屋里又热闹起来！

月底，算了一下账，亏了。

两个人大眼瞪小眼地相互看着，认真查找原因。有明法师轻声慢语地说："都怨'四人帮'，看来'四人帮'的流毒还没有完全肃清，等彻底肃清了，咱们就该赚钱了。"那时候，这种话在某种情况下是非常好使的。

那个人瞪着眼，认真地向有明法师问："这流毒是在咱们身上，还是在顾客身上？"有明法师仍旧轻声慢地说："都有都有，都需要肃清。"

后来的日子里，有明法师一边干活，一边绞尽脑汁地查找、琢磨亏本的原因。有时将自己不小心洒落在面板上的面粉，小心翼翼地收进面盆，生怕糟蹋、再亏本，因为家人致富的心全部寄托在了这台轧面机上。……那个管他叫伯伯的人只是一味地琢磨亏本的原因，没有注意观察、总结自己和伯伯的干法。

八、西黄泥村之七

那个人几天来都是闷闷不乐、小心翼翼地干活，有明法师也是手脚麻利地劳作着。终于，一天的下午，那个人忽然冲他瞪着眼惊叫起来，连声喊着伯伯："哪有你这样做生意的！给够人家斤两，不坑人就行了呗，为什么还多给人家？这可是咱们的本儿呀，你这是干吗呀？"那个人如梦初醒的样子，走过来看个究竟。

那个人要过顾客手里的面条，重新过了秤，果然多给人家三两。他瞪着眼，口气缓缓地埋怨起了有明法师，这样缓缓的口气完全是对伯伯的尊重。有明法师轻声慢语地说："我知道，你也有一颗善心，让乡亲们多吃一口咱们轧的面条，他们会感激咱们的……"

那个人瞪着眼，说话小心翼翼，生怕伤了和气似的，认真地看着他说："伯伯！关键是乡亲们的这种感激，咱们现在还受不起呀！……你还是说清楚吧，'四人帮'的流毒究竟在谁身上，我看那流毒没有在俺身上，也没有在顾客身上，是在你身上。"

有明法师眨巴着两只不大的眼睛，轻声慢语地下了断语："在你身上，那流毒在你心里还严重存在，你表现出的就一个字——贪，贪心太大，恨不得把这面条一根一根地卖出。……不过这也不能怪你，都怪'四人帮'。喇叭上说四人帮是万恶的，看来真是万恶的。"

有明法师的这位善良侄子没有多说什么，他深知伯伯是以善为本的出家人，话说多了，显得自己没大没小、也伤和气，自己认倒霉算了。轧面条生意做不成了。有明法师给他算了账，把自己卖筐的钱分给了他一些，面粉、面条和挂面也分给了他很多。仔细算，虽然亏了，但不是亏很多。有明法师将他送出街门，还嘱咐道："回去赶紧肃心里的流毒啊，扫地、扫心地啊！"

在后来很长一段日子里，在晚上村里的大树下、街头巷尾休息聊天的人们说起轧面摊子干不成的时候，那个轧面合伙人向大家说："出了他家街门，还让俺回去赶紧接着肃心里的流毒呢！"

大树下的人们先是响一阵笑声，接下来开始议论。

人群里有管有明法师叫叔叔的，有管他叫伯伯的，还有几个年轻小伙管他叫爷爷的。几个上年岁的和他称兄道弟，一个上些年岁的老人忽然瞪起了眼，冲着一个同龄人说："你岁数大，可是你家辈分小，你该管岩国叫什么？"那个老人承认着他的说法，说该管岩国叫叔叔。

那个老人说："你管岩国叫叔叔，你和岩国的叔叔称兄道弟，那就对了？"那个老人改正了自己的说法，说该管人家有明叫爷爷！……寂静的月光，寂静的西黄泥村的这棵大树下，仔细排着乡亲的辈分，好像只有在这寂静的夜晚、这棵大树下才清楚自己的辈分。他们亲切地称呼着，亲切得就像一家人！

在有明法师看来，这种亲切也是一种假象，但是人们又好像离不开这种假象，它在"和谐生活"中也起着至关重要的作用。既然像一家人，为什么"一家人"多吃自家两根儿面条儿都不乐意呢？

有明法师不是一点经济也不懂，至少说他也有最基本的经济常识和意识。可见，他的思想意识远远超出了所谓的"现代经济意识"。他的这种意识与我们的"共产主义"说法密切相关，或说有相似之处、相通之处。也许，有明法师这种意识，与现代复杂的经济理论相结合的东西，连他自己也说不清楚，但是他在朝着某个方向努力⋯⋯

后来的日子里，有明法师默默地继续编筐、编织美好的未来，默默地等待着人们肃清心里的"流毒"，等待着乡亲之间不那么斤斤计较、真正地亲如一家！在他简单的生活里，一直没有忘记早上四点起来，祈祷着乡亲们不斤斤计较、真正亲如一家，那会是一种什么样的光景！

全国上下一片热火朝天的1981年8月，有明法师忽然收到一封来自浙江省义乌县（现在的义乌市）佛堂镇云王寺的来信，他便兴奋地拿出自己有限的卖筐钱，二嫂又给他添了一些，带着他的户口便在这西黄泥村悄无声息地消失了。后来有人说，远远看见有个人在通往县城路边的斜坡上，冲着西黄泥村磕了个头，然后起身走了。

磕的这个头，分明是有明法师在感谢养育他十来年的西黄泥村，告别西黄泥村的俗家生活！

有明法师等到了那个时刻。

第五章　在新阳光里

一、初到祖庭

1983 年，河北省委统战部、石家庄地区宗教局从遥远的浙江省义乌请回了德高望重的老僧人、68 岁的湛贤法师，来担任正定县临济寺住持。初到这里，不知道谁将他的俗家名字透露出来，于是便成了"有明法师"，正定人将他俗家名字叫得很响，好像忘却了他的出家名字，又好像他出生、刚叫"有明"的时候，人们就对他产生了发自内心的敬意，感觉他生来就是受人尊敬似的。不然，怎么会在他的俗家名字后边，加了佛家的"禅师"两个字呢?

有人曾经问他，是否介意叫他俗家名字。他坦荡地回答："人本身就是假相嘛，名字更是假相。咱们每一个人都是用假相来包裹着自己，没有这个假相又不行。大家喜欢叫什么，就叫什么吧！"

有明法师到这里的时候，是深秋的一个下午。他带着自己的小被子卷儿和几样简单的行李，悄无声息地住进了临济寺。这里是一片古老的寂静、一片古老的陈旧、一片古老的……一切都是从古老中悄然而来。

新鲜的空气里凝聚着时代某种特有的气氛，这种气氛似乎是时代的某种符号和对时代的某种记忆。有明老法师仿佛又看见了昔日生活过的寺院……看着眼前这片古老陈旧的寺庙，在一阵叹息中，有明法师看见了各位古老的亲人——佛祖和诸位菩萨！他跪在满是尘土的地上虔诚地顶礼膜拜。

初到这里，条件非常艰苦，可他满怀信心地憧憬着临济寺的美好未来。他便开始打扫屋里的卫生，看着西落的太阳，才想起自己的晚饭在哪里做，做什么？——当时，寺院没有锅灶，只有自己带来的一口很小的铝锅、一点面粉和大米。他趁天还亮，在寺院内的角落里找了些柴禾，在门口不远处挖了一个半尺深的坑，在坑里点上火，用正定话说——燎那口饭。荒凉多年的临济寺里有了人间烟火。

一连几天，有明老法师都是这样的。后来，孝敬的岩国让妻子丢下孩子，从平山县西黄泥村来到临济寺，来为叔叔做饭、洗衣。他们知道，叔叔是已经近 70 岁的人了，需要人来照顾。多年后的今天，我们见到岩国的妻子、这位善良的大嫂时，她也已经是近 60 岁的中年人了，她对当年的临济寺以及那时候的生活还记忆犹新！她的激情促使着自己一连串地讲出了当时经常到临济寺照顾有明老法师的兰居士、张居士等人的善举！

在之前佛教被"禁锢"的岁月，正定城里有不少人家在春节悄悄供奉着观世音菩萨，理由是——菩萨保佑全家一年了，过年给老人家上个供！那供，都是年前做的素菜和在街上买来的水果。

从年三十的下午开始，直到正月十五六的晚上，燃上最后一炷香，嘴里默默地念叨着什么。等那炷香燃完后，将菩萨像擦干净，小心翼翼地用干净的红布或黄布将菩萨像包起，珍藏在一个干净的地方。好多人家都是在这种潜意识的文化氛围中生活的。也有人说，过年就是过那种"心境"的，不给菩萨上供、烧香，那种新年的心境就大打折扣了，缺少了新年的气氛。如果只为过年穿新衣、吃好的，那平时穿新衣、吃好的也没有人说你。

仔细琢磨，还真是过的那种心境！那种境界能够清晰地影响我们在新的一年里多做善事，还有很多说不清楚的美好……

有明老法师来了之后，消息一时间传遍了大街小巷，不少人抱着看热闹的心态去看和尚，但没有人向他布施。在那个佛教刚刚被解禁的岁月，人们似乎不晓得有布施这一说法。那些信佛的人纷纷朝临济寺走来，这里有了生机。

一个年近 50 岁的、对菩萨虔诚信仰的中年妇女走进了临济寺。这个妇女看见有明老法师艰苦的生活，不由地产生了怜悯心。在后来的日子里，这个善良妇女几乎每天都来寺里，帮有明老法师做些力所能及的活，将他换下的衣服拿回家洗一洗，还经常送来自己做的好吃的素食。与此同时，城里一些中老年人也走进了临济寺，他们也都是多年来悄悄信奉菩萨的人们。

有明老法师感到了温暖。在闲下来的时候，有明老法师便坐在大树下，向这些人讲些佛法！老禅师的讲解，使不少人把佛教和迷信清晰地区分开了……听他讲法的人越来越多，渐渐地她们也加入到了那位妇女的行列——帮助有老明禅师。这些人都是正定城里淳朴的居民、各地淳朴的农民。在这里，他们与这里的"劳动"结下了不解的善缘，干活任劳任怨，甚至比在家干活还要积极、认真。直到今天，这样的人在临济寺里还很多。

他们在这片净土上施发菩提心，广结众生缘！临济寺将他们像兄弟姐妹一样团结在一起，形成了一个友善的大家庭。有明老法师经常结合实际生活为他们讲些忍辱心、平常心，由浅到深，轻声慢语地讲……那时候，这里原本是一座陈旧的、干枝燎叶的寺院，是有明老法师为这空旷的院落增添了几分生机，使它有了活的气息。这种气息就像祖师塔前飘起的缕缕清香，蕴含着生活的善意。

二、新生活

68 岁的有明老法师从平山县西黄泥村带来了自己那台轧面机，可是非常缺少面粉，几乎是吃了上顿没下顿。有人提议说，明年在这院里种麦子；有人说，明年开春，应该种点蔬菜。于是，几个人看着大雄宝殿前这片土地，指指点点地规划起来……是啊！在有明老法师心里，应该做的事太多了。基于条件所限，只能把应该做的事暂且放在心里。

到这里来的人越来越多了。

1984 年开春的时候，好心的人在这片现有的土地上帮有明老法师种了几畦蔬菜，有菠菜、黄瓜、西红柿、豆角。许多好心人平时在这里除草、施肥、浇地。在她们精心呵护下，临济寺的院里一片绿油油的茂盛。秋天，临济寺里来了两个和尚，粮食也出现了紧缺。

她们聚在一起商量，每人从家里带来了些面粉、大米、小米，合在一起，每样都有多半布袋。当时谁家的粮食也不算富裕，她们这样的举止感动了新来的两个僧人。一个僧人告诉有明老法师，大家有这样的善举，该吸收她们为居士！于是，在新来的两个和尚见证下，在有明法师的寮房里严肃地举行了仪式，这里出现了另一种身份的人——居士。她们中间有开始帮助有明法师的兰居士，还有后来的张居士、李居士、王居士等等。

她们还是昔日那副和善的面孔，而且更加约束自己。不论做什么事，都要记得以善为本，在履行一个经过佛法洗礼的修行人的行为。

临济寺的影响越来越大，石家庄以及周围县的信众也纷纷朝临济寺走来，他们虔诚地礼拜佛祖、菩萨，向僧人师父询问在生活中遇到的烦心事，他们一一得到了解答。临济寺给了他们精神上的寄托、心灵上的安慰！

有明老法师看着居士们布施来的粮食，想着他们的家境，打破了自己那颗平常心——他被感动了！……他坐在大树下，看着这座刚已修好的澄灵塔，向居士们谈着自己的设想："等寺里的情况有了好转，我就出去讲经说法、化缘，回来好好建设咱们的临济寺！"他的言外之意，是不能辜负居士们对寺里的支持，不能辜负他们送来的粮食。

听着他慢生生的言语，将近 70 岁的人了，哪还有那种精力？这种设想、愿望，大家听一听，随着他的话想象一下美好的未来也就罢了。至于能不能做到，没有人来和这样一位善良老人计较什么。临济寺里在不断住进新的僧人。麦收的时候，收了几百斤麦子，有明老法师不像年前那样着急了。他看着这些麦子和新来的僧人们，心里盘算着，这些麦子能吃到明年麦收吗？就在有明老法师特别困窘的时候，一位乡下的居士悄悄号召本村村民自愿捐了满满一拖拉机麦子（这样的举止坚持了好多年）送到了临济寺。一些居士感觉有明老法师好像有什么"灵气"，他想怎么着，时间不长就会成为现实。即便与他想象的有点差别，但大体上也都是那么回事。他们觉得奇怪，便问他这是怎么回事。

有明老法师告诉他们，善人与善人息息相通。你经常发善心、发善念，善良的人会接收到的，就像电台发出看不见的信号一样。善的机缘总是与善良的人非常贴近，近得就像一对友好的邻居！寺里不缺面粉了！居士们又在这片土地上种上了一茬玉米，有明老法师经常和僧人、居士们拔草、锄地、浇水，像一个本分的乡下老人，不停地劳作等待着收获。

这年旧历年底，有明老法师的手里只剩下一块五毛钱、两斤半白面。他看着院里过冬的麦子，恨不得马上让它变成白面。无奈之下，有明老法师找到县民族宗教局，他们向县委、县政府反应，在县民族宗教局的热心帮助下，几个僧人才过了这个年。

年后，一位僧人向居士们说起了年前的困窘，居士们感到非常惭愧，便又像以前那样，纷纷拿来了白面、大米、小米。有明老法师听说后，批评了那个和尚，并告诉居士们不要往寺院拿东西了。很长一段时间后，一位僧人悄悄告诉居士们"老师父担心你们的家庭闹矛盾"。很平常的一句话，使居士们既感动又心酸！

那种感动和心酸激荡着她们1987年春季的心情！……他们私下议论，咱们知道过年，怎么就忘了师父也要过年呀，让他犯那样的难。也有人提议，过年过节做好吃的东西，多做两三个人的就是了。年根下，拿来了过年准备的瓜子、糖块、馒头、炸素丸子、炸豆腐，还有的骑着三轮车，拉来多半锅炖好的素杂烩菜……

临济寺里不断出现一些新的面孔，那一副副面孔，有的居士非常熟悉，熟悉他们的过去，熟悉他们的品行。便悄悄告诉有明老法师，这些人到寺里来居心不良，要远离他们。有明老法师轻声慢语地告诉他们："我没有远离众生的资格，只有众生远离我的自由。"

有明老法师发现那一副副表面和善的面孔背后隐藏着很大的名利心，他们是来求佛菩萨保佑发财的。有明老法师并不感到意外。他们虔诚地跪在菩萨面前，默默地祷告，出门让自己拾钱发财："哪怕摔个跟头，让发财也行，我给菩萨披红挂彩，上大供。"

有明老法师告诉他："这种事不用向菩萨说，我就解答你了。菩萨让你拾钱，那么菩萨忍心让谁丢钱呀？"有明老法师耐心地向他们讲述，使他们认识到了佛教不是他们想象的迷信。后来持那种心态的人有的成了居士，和有明老法师结下了不解之缘，也有的不再来临济寺了。在有明老法师看来，那些人意识不到自己的悲哀，那是人性的悲哀！

第五章　在新阳光里

119

三、"忍辱心"

后来，有明老法师经常悄无声息地从临济寺消失，居士们向两个僧人打听他的去处，只知道他出远门了，到底去了哪里，他们好像知道而在保密，又好像真的不知道。后来据相关人士说，他在一份修缮澄灵塔的报告里简单写道："在外出说法、化缘中，得信众善款的数目……"原来他的消失，是为修缮澄灵塔外出讲经、化缘去了。

在1985年的某一天，国家拨来了修缮澄灵塔的专款，人们看见在澄灵塔周围搭起了施工修缮的架子，正定的居士以及热爱佛教文化的人们也纷纷捐了款，日本临济宗和黄檗宗一些僧侣们也出了资。在1986年的5月间，修缮义玄禅师澄灵塔工程终于结束！有明法师显得消瘦多了，不过精神还蛮好的。

5月19日，阳光普照着生机勃勃的临济寺，70岁的有明老法师说法、化缘，广聚善资，博得了国内外广大信众的支持，中日两国的僧人在这初见成果的临济寺隆重举行了"临济塔修复落成法会"。时任中国佛教协会会长赵朴初居士参加了此次的盛典，同时还举行了"大雄宝殿"奠基仪式，赵朴初老先生留下了"临济寺"和"大雄宝殿"匾额的墨宝。

这件属于临济寺的大事过去很久了，寺内仍旧存留着一种盛典的气氛，鼓舞着僧人的心情，激励着居士们的情绪……信众带来了他们的亲戚和朋友，他们向诸位师父们请教着在生活中遇到的难题。前来参访的人们在潜意识中有着自己的经验，觉得师父越老经验越多。有明老法师的僧舍里常常人流不断，由于说话过多，有明老法师经常累得两边太阳穴和腮帮子直发疼。即便这样，老人家仍经常揉着太阳穴，揉着两腮愉快地接待着来访者。

有次，一对操着外县口音的夫妇来到寺里，那男人看上去老实巴交，女人坐下来就向有明老法师尖嘴快舌地哭诉，说她妯娌如何说她的闲话是非，唆使婆婆和她生气，让她在村里抬不起头，又说这日子没法过了，等等。老和尚听着她的言语，无非是些家长里短的琐碎事，就说："你的妯娌说的是事实吗？是事实，就改；不是事实，就任她说吧，并且要满脸微笑地对待她。生活要有平静心。平静心就像一片肥沃的黑土地，生出忍辱心。持一颗忍辱心回家对待她吧。"那妇女一怔，埋怨老和尚——"俺跑这么远来，就得到你这么简单的回答呀？"

老禅师笑了笑，告诉她："我教你回去和妯娌吵、打，这还叫什么寺院呀？这里是教人向善，教人营造家庭和睦、社会安康的地方；不是教人争斗、教人邪恶的地方……那么，你想从我这里得到什么？"妇女看了看她的丈夫说，想得到治她妯娌的办法。老法师笑了笑说："那种办法我不会，即便会也不能教你。那样，我的心就该治我了！你好好想想，我相信你会面带笑容，面对你婆婆和妯娌的。就像扫自己家里的地一样，勤扫自己内心里那块心地，让心里每天都要焕然一新。回家过日子去吧！"

那位妇女临出门，还念叨着："忍辱心……"

那些年里，有明老法师使好多人懂得了"忍辱心"。

四、新的力量

1987 年冬天的时候，有明老法师手头实在困难了，便趸来些盘子、碗，在街头摆摊出售。后来，有明老法师回忆起这件事的时候，他笑得非常开心。他说："许多老百姓围过来看，我知道他们不是看盘子看碗，是看我这个和尚。我也不嫌害臊，只管低着头卖自己的东西，心里想的就是为了让弟子们过个像样的年。"

那些年，临济寺里有新出家的法师，也有从其他寺院来的僧人，总之都需要吃饭。后来，临济寺里已经有十几个人了，有明老法师用手里这有限的钱和弟子们过了一个春节。在这样的情况下，有明老法师没有忘记教导弟子认真修行、勤俭节约、吃苦耐劳……他说："咱们钱少、吃得差，外人看不见，好比胳膊折了在袖筒里——别人不知道。"

有明老法师经常用这样的比喻、幽默的言语安慰弟子。

1989 年，有明老法师手里的钱所剩无几，在这样的情况下，他仍冒着严寒奔赴广东省，参拜了临济宗第四十四代传人本焕老和尚并接法，成为临济宗第四十五代传人。

1990 年初，有明老法师晋升为临济禅寺方丈，当别人为他高兴之际，他却显得非常平静，好像是别人当了方丈。当弟子和居士们高兴地向他祝贺时，他道过谢说："假象，有什么可祝贺的，等我圆寂的时候，你们再祝贺吧。"

在场的人惊诧不已，怎么老和尚说话一点也不忌讳？有明老法师从他们的表情里，感觉到了大家的某种想法。有明老法师平静地解释："修行，就是修身乘法船，高兴、愉快地驶向涅槃岸，这才是修行的最高境界。你们何必用这种面孔、这样的眼神看着我呢？"有明老法师诚恳的言语，使人们感觉老和尚似乎离他们非常遥远，他好像站在了一个很高、很远、很干净的使人们无法接近他的地方在说话。

有明老法师在赴广东之前，从来没有想过自己能成为临济宗第四十五代传人，他只想着临济寺，想着如何教导弟子修行。当时，临济寺里的光景虽然比前几年好多了，但也不算太富裕。在这样的条件下，他不畏严寒酷暑，似乎忘记了自己的高龄，远走他乡，拜访同门师兄弟，同时讲经说法、化缘。当时的有明老法师已经是75岁的人了，居士们记得那一年的春季他坐在大树下所说的话，而他在一件件、不慌不忙地落实。

平时，有明老法师朴素的言行已经注定了他在弟子、居士、朋友心目中的地位。那究竟是一种什么样的地位？作为一位真正的修行人，他本人并不知道，他只是在默默地教化弟子，教化在家修行的居士。

这正如有明法师所言："建寺院不是目的，最重要、最关键的是通过建设寺院，劝化更多的人修功德、种佛缘，让更多的人闻到佛法，激发大家的善心！"

五、困惑

1990 年之后，临济寺在各个方面有了些新的好转，这样的好转来自于宗教政策的贯彻落实，来自于乐善好施、悉发善心的人们，有明长老的外出远行与他们乐善好施的行为，形成了一种潜在的良性循环！在六七年的时间里，老人家不顾严寒酷暑，在外说法、讲经、化缘，筹集到善资多达 270 多万元。又向各级部门递交申请，政府和各级佛教协会拨来了不少善款。

1997 年开始，老和尚亲自着手计算、备料，历经两年多的时间，宏伟的藏经楼、药师殿、圆通殿以及禅堂和若干间僧舍拔地而起。此时的有明老法师已经是将近84 岁的老人，他不惧辛苦，三次前往福建、浙江，精心挑选菩萨造像，请回并安顿在临济寺，寺院又增添了新的气象！

有明老法师有次回来，忽然发现寺里的俗家人比以前多了很多，有一张张熟悉的面孔，也有不少陌生的面孔。他们看见有些年岁的有明老法师，便在背后指指点点，发出了由衷的赞叹：这就是有明老和尚！在有明老法师过去的某种经验里，他深深明白，众多人都知道自己，以后自己的言行更得谨慎，并且还要督促、教导弟子们注意自己的言行和形象，因为他们代表着千年来的临济寺。

在某个时间里，不知道有明老法师看到了什么，他忽然感觉自己的身心开始疲惫，不论看见什么都感觉非常陈旧，一种厌烦的思绪深深影响着他。开始他不晓得这是什么原因，想着这大概是上了年岁所产生的某种心理现象吧。一个淫雨霏霏的下午，一个比老禅师小十多岁的老居士来看望他，有明老法师轻声慢语地问这位老居士心里是否有这样的厌烦感觉，老居士告诉他说没有。有明老法师好像忽然明白了，怀疑自己似地说："也许是因为自己修行不够好吧。"

老居士深感迷惑不解，认真看着带有几分迷茫的有明老法师，发现他此刻好像忍着内心的某种疼痛，在用目光无奈地向世界倾诉着内心里的一切。良久，老居士压低着声音问他听见了什么、还是看见了什么？有明老法师皱着几根稀疏的眉毛，不住地默默念"阿弥陀佛"，似乎只能从佛号里得到些安慰！

多年后的今天，那位老居士仍旧头脑清晰，他判断说："很多年前的那一天，我感觉有明老法师肯定遇到了心烦事，但他只字不提，只是微微皱着眉，好像所有的心烦事都要自己承担，而无需告诉别人。在好多人眼里，有明老法师好像失去了方丈的权力，其实那是一种善的姿态，一种难得的、公平的善！如果行使方丈的权力，难免出现不公平。"

而人们好像不领这份情，只是感觉老禅师说话不客气。其实，在我们所谓的客气中，往往隐藏着某种不同程度的怂恿和误导，因为我们这个阎浮提上有很多现象，因为表象单纯而被人们忽视，其实世间很少有某种单纯的现象。

六、文化与生活

一段时间里，有明老法师显得轻松了些，但谈不上高兴，好像他那种我执还没有彻底消除，还存在着几分心烦。仔细观察、思想，可能是某种东西影响了他，"因为发现老禅师甚至看见某一天的阳光、看见某一个人，都使他感到厌烦。一切厌烦好像紧紧缠绕着他，让他不能自拔。"老禅师曾经告诉另一个老居士："看来修平常心、忍辱心一刻也不能懈怠。"

一位很有文化的老居士在 2015 年的秋天，根据自己当年某一天对法师的观察说："直到一天下起连绵的秋雨，有明老和尚的心情好像才有所好转，淅沥沥的小雨好像将内心的某种烦闷冲刷掉了。凉嗖嗖的秋风吹进屋，有明老法师忽然有了笑容，好像猛然产生了喜欢阴天的感觉，只有阴天的时候才感觉到内心有几分平静，又觉得只有在这阴雨天气，才能降服'自己内心的烦躁'。或许老禅师明白，这是外界某种现象影响了自己内心的某种感觉造成的，这种喜欢阴天的感觉是一种非常复杂的心理过程。"

有位非常喜欢佛教文化的老人经常到寺里来和有明老法师聊天，后来这个老人知道有明法师发生了些微妙的变化，便在一个下着小雨的、有些寒冷的下午来到有明法师这里。那个下午，有明老法师的言语很少。那个老人便问有明法师在想什么。法师告诉他，在想自从到临济寺以来的变化和所认识的一些人。

老和尚只说了几个自己所熟悉的人名，不由自主地说："这些人都非常不错的！"那位老人说："虽然老和尚没有说，但他的言外之意就是也有他不喜欢的人。我作为一个喜欢佛教文化的人，就经常在天气不好的时候去看望他。在一个偶然的瞬间，我对有明老法师心灵的特征来分析，感觉他似乎发明了一种属于自己内心世界的文化——在这样的天气里，似乎能使一切平静下来。

在这平静的时刻，他能把笼罩在内心的某种阴影拨开，凭借回忆，看见很多美好的经历……如果他真的有心烦事，也只有这样才能摆脱那种绝望的可悲境地——这也只是一种猜测。"

对老禅师的这种心理分析好像也教会了我一种生活方式，但我觉得这样的方式只是面对某种可悲的逃避。莫非有明老法师面对着某种可悲就真的没有办法吗？他看到了什么可悲的事情呢？那位老态龙钟、头脑清晰的老居士道出的、所谓有明老法师发明的方法究竟可取还是可弃，一时间也说不好。毕竟那只是一种猜测。

不知道为什么，那段时间之后，有明老法师经常将修"忍辱心、平常心"在嘴边，仿佛进一步认识到了"修"的重要性。聆听他的教导，深感修"忍辱心"的历程还任重道远。

也有人说，有明老法师最大的缺点就是——善良！善良得未免叫人可怜，未免叫人生气！从这个所谓的"缺点"走来的有明老法师，他的善良怎么会叫人可怜、生气呢？我们与老禅师在人性方面有着非常遥远的距离，我们生活在这种距离中间……多年来，有明老法师用心良苦地试图用一句"阿弥陀佛"来缩短这"遥远的距离"，用心良苦地经营着忍辱心、平常心，用心良苦地经营着生活与和善相结合的文化。

七、柳暗花明

那个老人的猜测似乎是正确的。那个下午，老禅师好像看见了少年出家时候的延寿寺，使有明老法师最兴奋的话题慢慢展开。他轻声慢语、滔滔不绝地叙说着童年出家时候的地方……后来，他的面孔又沉下来，说现在延寿寺那块地方很荒凉……

几天后，他前往延寿寺那块地方察看。他站在那片熟悉的土地上，却看不见那座熟悉的寺院。他和地方上的相关人士商议，怎么再将延寿寺复建起来。那些人感觉希望非常渺茫，便敷衍了事地说："重新盖起来，那得需要花多少钱？"

有明老法师好像没有听见他的话，他只是琢磨，20世纪70年代自己在家时，延寿寺虽仍破旧，但还有延寿寺的影子。这些年来连影子也看不见了。好在这块地还荒着，如果被人占去，还得花钱买回来。

老和尚冒着严寒又开始了化缘。很快，他便筹到了一部分钱。法师自己捐出了三万多，加上居士们给的供养，便在原址上开始盖大殿，于是复建延寿寺的建设序幕拉开了! ……有明老法师虽然累，但这使他暂时忘记了清闲时候的烦恼。

在跨入新千年之际，延寿寺正式开始施工建设。当地的古月镇到延寿寺的路坑坑洼洼，有明老法师就发心重修这条路。居士们便纷纷响应、捐款，很快修起了约五公里的水泥路。至今，那里的人们还行走在那条路上。这是一条象征爱心、充满善意的路。

在有明老法师84岁前后的两年里，他主持修建了延寿寺、甘泉寺和三圣寺三座寺院的大殿。普通人看见的只是三座大殿，知情人看见的还有老和尚辛勤的汗水。这汗水里浸泡着84岁老人的善心和一种精神，这善心和精神与殿堂同在，与有缘人同在，与美好生活共存……据知情人说，在这样庞大的建设工程中，有明老法师作为临济寺的方丈，没有动用临济寺的一分钱。

有明老法师在他晚年生活中，内心又一次得到了美好而又非常阳光的充实! 他回到临济寺的时候，从没有向弟子们提起过在外边所做的一切和自己的辛苦。当施工的人们偶尔来向他请示什么的时候，临济寺的弟子们才略知一二，慢慢地便都明白老和尚经常出去干什么了，他比在临济寺里辛苦多了。

　　弟子们被感动了！有明老法师内心得到的这种充实，只有懂得生活、珍惜生活的人，才能切实体会到，只有和他心灵相通的人们，才能体会得到那颗温暖、善良的心！

第六章　面孔

一、洁白的莲花

古老的太阳和月亮交替着不知疲倦的步履，并且每天都显得那么鲜亮、那么精神，只有这阎浮提世界上的人们，由小孩变成了老人，由健壮便成了衰弱，由生走向了灭。人生就像年迈的老人迈开的脚步，在阳光和风雨中脆弱地来回交替着，不小心绊一跤，就会迈向人生的尽头。生命显得那么不堪一击。

有明法师将要迈入 85 岁，在一个很冷的下午，他从另外一座寺院回到临济寺。这里的蓝天仍旧是那片蓝天，大殿仍旧是那一座座大殿，僧舍仍旧是僧舍。老禅师仿佛看见了某种漂浮不定的东西在快速延伸，就像一只正在升起的风筝在空中任意翻着跟头舞蹈。在后来的十年间，有明老法师有时精神很好，却感到有些力不从心，渐渐便很少外出了。不过，在他精神不错、感觉体力也很好，且弟子们的车方便时，他还是高兴出去看看的。

老禅师经常将自己的感受告诉前来看望他的那位老居士，他安慰老禅师："你这个年岁，真的该歇歇了，当心身体！"有明老法师露着仅存的两颗门牙，轻声慢语地告诉老居士："这个臭皮囊在世上其实是多余的。"

有明老法师似乎不太留恋这个世界。

有明老法师似乎看开了一切。

人们经常看见老禅师露着两颗门牙，瞪着两只明亮的眼睛在微笑！后来两颗门牙被岁月冲刷掉了，但没有影响到老人家眼睛的明亮和和善的笑容！

二、柳暗花明又一村

有明老法师回到寺里的那些日子，脸上经常带着发自内心的笑容，同时也在努力消除着"我执"。那段时间，有明老法师好像不被任何人、任何事所困扰了，内心好像放下了一切。人们经常看见一个年轻和尚搀扶着他在寺里东走走、西看看。他驼着苍老的背，显得更加瘦小，他好像在角落里寻找着什么神秘的东西，寻找某种神秘的答案，好像自己多年来所等待的，终于看见了结果……经常来看望他的老居士和喜欢佛教文化的老人们凑近他的耳边说："天冷了，多在屋里休息！"

居士们回忆，那段时间老禅师的眼睛显得格外精神、明亮，人也非常高兴，话也很多。他先是夸奖有学问的弟子，然后回忆这些弟子刚出家时的情景，他们读书是多么的认真，打坐是多么积极，有的晚上还坐在床沿上打坐。并且还经常回忆自己少年在延寿寺出家时的情况，80多年前的情景，老禅师还记忆犹新……

那一天，好像对有明老法师非常重要！

那一天的记忆，使有明老法师非常兴奋！

那一天，有明老法师终于看见了理想的人、理想的事，让他更兴奋的是，来临济寺皈依的居士越来越多，他们很多都是有知识、有文化的人，他们都是传播善的使者，都是热爱和谐、有怜悯心的人。他们就像太行山上被风吹起的树叶，那树叶象征着佛法、象征着和善，将一片片善意撒播在人们身边的生活里。

有明老法师在这座千年古刹临济寺里默默等待着，

这样的"默默地耐心等待"无疑也是一种修行。他在默默地继续修一颗平常心！那颗平常心，就像一条永远属于自己的路，这条路一直通向遥远而又寂静的理想地方。那地方经过一座座山脉、一座座村庄，展现在眼前的是一坐寂静的高山、一片清净的水域……

农历2010年十月二十一，有明老法师的弟子、居士，将他送到了平山县那座崭新的延寿禅寺。老禅师他老人家顺着他的人生轨迹永远安息在了这片清净的、碧波荡漾的水域边上，这里对于他来说，是老人家的"又一村"。

属于老人家的一座大理石白塔耸立在这里！

〔名词解释〕

※ **修行**：根据佛教教义修习行持，内容包括戒、定、慧三个方面；后来扩而为三十七道品，大乘概括为六度。道品：梵文，译"菩提分""觉支"等；意为达到佛教觉悟，趋向涅槃的途径，共分七种三十七项；即：四念处（四念住）、四正勤（四正断）、四如意足（四神足）、五根、五力、七觉支（七菩提分）、八正道。《俱舍论》卷二十五："三十七法顺趣菩提，是故皆名菩提分法。"

四念处：三十七道品之一类。念处，梵文，译为以智观（观察、思虑）境。指在精神专注的状态中按照教理认真思虑"身"是"不净"，"受"是"苦"，"心"是"无常"，"法"是"无我"，以此破除那种以"不净"为"净"，以"苦"为"乐"，以"无常"为"常"，以"无我"为"我"的"四颠倒"的思想。据《法门名义集》。"四念处大小乘名有不同，观身不净，观受有苦、观心生灭、观法无我是小乘四念处；观身如空虚、观受内外空、关心但名字、观法善恶俱不可得是大乘四念处。"

四正勤：三十七道品之一类。正勤，梵文，译为"四正勤""四正断""四意断""四正胜"。意为四种正确的修行努力。《增一阿含经》卷十八：1."未生弊恶法，求方便令不生，心不远离恒欲令灭。"即努力防止生恶。2."已生弊恶法，求方便令不生，心不远离恒欲令灭。"谓已生恶，当努力断除。3."未生善法，求方便令生。"谓未生善当努力使生之。4."已生善法，求方便令增多，不忘失，具足修行，心意不忘。"即已生善，当坚持到底，令其圆满。

四如意足：也说"四神足"，三十七道品之一类。"如意足"，梵文，意为"神通"。就是四种可以得到神通的禅定。《法门名义集》：1."欲如意足"，由想达到神通的意欲之力发起的禅定；2."念如意足"，亦称"心如意足"由心念之力发起的禅定；3."精进如意足"，由不断止恶进善力发起的禅定；4."慧如意足"，亦称"观如意足""思惟如意足"，由思惟佛理之力发起的禅定。据认为，修行这些禅定，可以具备神通变化如意自在的能力。

五根：三十七道品之一类。（一）修行佛教所依靠的五种内在条件。《杂阿含经》卷二十六：（1）信根，对佛教的信仰，"起信心根本坚固"；（2）精进根，又名勤根，指"四正断"；（3）念根，"谓四念处"；（4）定根，指"四禅"；（5）慧根，指四谛。《俱舍论》卷三："于清静中信等五根有增上用'增上用，意为增加促进'，所以者何？由此势力伏诸烦恼，引圣道故。"（二）五种产生认识的功能。即：（1）眼根，生眼识，能见外界事物；（2）耳根，生耳识，能听声音；（3）鼻根，生鼻识，能嗅气味；（4）舌根，生舌识，能尝滋味；（5）身根，生身识，能感触身内外事物。

五力：三十七道品之一类。由于信等五根的增长所产生的五种维持修行、达到解脱的力量。《大智度论》卷十九："五根增长不为烦恼所坏，是名为力。"据《杂阿含经》卷二十六：（1）"信力"，对信仰虔诚，可破除一切"邪信"；（2）精进力，修四正断可断除诸恶；（3）念力，修四念处以获正念；（4）定力，专心禅定以断除情欲烦恼；（5）

慧力，观悟四谛，成就智慧，可达到解脱。

七觉支：三十七道品之一类。亦作"七觉分""七等觉支""七觉意""七菩提分"。"觉支"，梵文的意译。"七觉支"是达到佛教觉悟的七种次第或组成部分。《杂阿含经》卷二十六等记述：（1）念觉支，忆念佛法不忘；（2）择法觉支，根据佛法标准，分辨是非、真伪、善恶；（3）精进觉知，努力修行，坚持不懈；（4）喜觉支，由悟善法，心生喜悦；（5）猗觉支，也称"轻安觉支"，因断除烦恼，身心安适愉快；（6）定觉支，心注一境，思悟佛法；（7）舍觉支，舍去一切分别，用佛教观点平等待物，心无偏颇。

八正道：梵文，亦译"八圣道""八支正道""八圣道分"。三十七道品之一类。译谓八种通向涅槃的正确方法或途径。《中阿含经》卷七、卷五十六，《俱舍论》卷二十五，《大乘义章》卷十六末等记载，为释迦牟尼在鹿野苑初转法轮向五弟子所说：（1）正见，对佛教"真理"四谛等的正确见解；（2）正思惟，亦作"正思、正志"，对四谛等佛教教义的正确思惟；（3）正语，修口业，不说一切非佛理之语；（4）正业，从事清净之身业；（5）正命，符合佛教戒律规定的正当合法的生活；（6）正精进，亦作"正方便"，勤修涅槃之道法；（7）正念，明记四谛等佛教"真理"；（8）正定，修习佛教禅定，专心注于一境，观察四谛之理。佛教认为，按此修行可由"凡"入"圣"，从迷界此岸达到悟界的彼岸，故也比喻为"八船、八筏"。

※ **平常心：** "为善不执是平常心"，如无论付出、行善，有了执著就会有挂碍，就会有期待，当期待落空，不免失望，甚至恼怒不安，内心就无法平静；如果无求回馈，不执于心，体达"三轮体空"，无施者、受者以及无施物的清净平等心，就是平常心。"老死不惧是平常心"，人难免生病、甚至死亡。能够心无惧怕、意不颠倒、无所挂碍，自然自在，所谓"死是生的开始，生是死的准备；生也未尝生，死也未尝死"。这就叫平常心。"吃亏不计是平常心"，吃亏并不是坏事，从吃亏中可以积累人生的经验，可以学会处事的退让，人与人相处难免有不公和亏欠，能够在吃亏时不计较、不比较，这就是平常心。"逆境不烦是平常心"，遇到逆境，要能看清忧虑，放下忧虑，不随烦恼起舞，泰然处之，以自然的心

态对待，这就是平常心。佛教所说的平常心，与一般所说的平常心不一样，但又融应于世俗。

※ **忍辱心**：忍，有忍受、认可的意思。《成唯识论》卷九："忍有三种，谓耐怨害忍、安受苦忍、谛察法忍。""忍以无瞋、精进、审慧及彼所起三业为性。"皆把安于受苦受害而无怨恨的情绪，以及能认可佛教真如的信仰当作"忍"的内容。故《显扬圣教论》卷三："忍波罗蜜多：谓或忍受他不饶益不恚性，或因安受诸苦不乱性，或因审察诸法正慧性。"由此推而广之，对于其他一切事物之信受认可，亦均可称之为"忍"，属于智之一类。但作为佛教普遍宣传的一种美德，"忍"的重点还是在要求于苦难和耻辱，故特名之为"忍辱"（"六度"之一，名"羼提波罗蜜多，意译"忍辱度""忍辱度无极"等）。《六度集经》第三章："忍不可忍者，万福之源。"

附

在写完这部作品后的深夜，在梦中忽然看见明老法师从塔里飘出，举着鞋底子在追赶一个人，那个被老和尚追赶的人好像是我，好像又不是我；好像是当年爱赌博的岩国大哥，但又不是他，因为在很多年前，岩国大哥就已经戒赌了，并且戒得干干净净。那么那是谁呢？我在一片漆黑里努力思考着，思考着某种意义，直到我坐起身点燃一支烟，借着火光仿佛看清被老禅师追赶的人是谁了……

此文献给

有明公、临济宗释湛贤禅师！